Re:Monster
リ・モンスター

暗黒大陸編
THE DARK CONTINENT

3

金斬児狐
Kanekiru Kogitsune

伴杭彼方《ともくいかなた》
オバ朗《ろう》が度重なる【存在退化《ランクダウン》】の
果てに辿り着いた前世の姿。
仲間と記憶を失っており、
暗黒大陸を一人放浪する。
種族　強化人間《ブーステッドマン》

主な登場人物 Main Characters

宝殻鬼《ほうかくき》
伴杭彼方によって作り出された
強化外骨格型ゴーレム。
戦闘に特化した多彩な機能を
誇る。
種族　ゴーレム

《三十一日目》／《百三■一■目》

見ず知らずの場所で目を覚まし、そこに至るまでの記憶を失っていた俺——伴杭《ともくい》彼方《かなた》。

それから他者との関係を構築し、現地の資金を得て、《自由商都セクトリアード》にて活動拠点を作った事で、とりあえずの生活基盤は確保できた。

まだか細く不安定で頼りないが、記憶を失い、心から頼れる仲間が不在——行動を共にしている蟻人《ありひと》少年は仲間というより保護対象——な現状を打開する、今後の大事な足がかりである。

それが崩されても面倒だし、色々な約束も出来たので、目下の敵である裏組織《イア・デパルドス》をさっさと壊滅させるべく、本格的に動き始める事にした。

まず最初にするのは、当然ながら、より広く詳細な情報収集だ。

彼を知り己を知れば百戦殆《あや》うからず、と昔の偉人も言っている。

情報源は、顔見知りの情報屋からはもちろん、監視ゴーレムによる敵拠点への潜入調査や各種アビリティによる自分自身での遠隔調査、発行されている情報誌の購読、それから《朱酒槍商会《ドランクランス》》の店舗へ密かに運び込んでいた《イア・デパルドス》構成員の捕虜からの聞き取りなど、多岐《たき》に及ぶ。

そうして、まだ動き出したばかりなので細かいところまでは完全に網羅《もうら》できていないものの、先に幾らか調べていた事もあってとりあえず大雑把《おおざっぱ》ながら欲しい情報は得られた。

敵首領の顔などをはじめ、幹部など主要な構成員の情報や敵施設の構造、組織内派閥といった人間関係、蟻人少年と同じ境遇にある要救助者などについてである。

集めた情報によると、厳しめに見積もっても、裏組織《イア・デパルドス》を壊滅させるのに特に問題はなさそうだった。

改造手術により強化された猛者《もさ》も一定数いるようだが、以前倒した〝死断冥牛頭鬼王《ドゥームデス・ミノタウロス・キング》〟よりは全員弱い。高度な連携があればその限りではないものの、そこまで注意すべき者はいない。

それに最近は、俺による構成員殺害や拠点破壊の影響で慌ただしく、各地に分散されているので、各個撃破も狙いやすくなっている。

よほどの想定外が無い限り、予定通りに事が進むだろう。

かなりこちらの優位に進められる目処《めど》が立ったが、もちろん、問題が全く無い訳でもない。

それは、裏組織《イア・デパルドス》の手が予想よりも広く、要救助者が予想を超えて多かった事だ。

要救助者は大きく三つのグループに分類できる。

一つ目は、容姿が優れていたり特殊な技能を持っていたりなど、商品価値が高い者達のグループ。このグループには比較的安全な改造手術が施《ほどこ》されるだけで、境遇は悪くない。高額で取引される為、扱いは丁寧《ていねい》だ。

二つ目は、ただの一般人。主要な商品扱いされるので、改造手術も実験的なモノがあるにしろ、そこそこオーソドックスな内容が多い。境遇は良くもないが悪すぎる事もない。

そして三つ目が、反抗的だったり心身に何か障害や怪我があったり、または外見が悪かったりなどの理由で商品価値が低いと判断された者達だ。

このグループの扱いは劣悪のひと言で、家畜同然である。危険な改造手術のモルモットとして消費され、非常に入れ替わりが激しい。そして運よく改造手術が成功したとしても精神的に破綻する事が多く、正常な状態で生存できる例は稀《まれ》である。

商品の品質に差があれば扱いも変わるように、そんな三つのグループはそれぞれに仕分けされて、幾つかの施設に収容されている。

一ヶ所に固まっているのであれば救助は簡単だったが、こうなると、一度に全てを解放する必要が出てくる。一つひとつ潰していてはこちらの狙いが相手にバレて、要救助者達に悪影響が及ぶ可能性が高いからだ。

そして、たとえ彼らを人質にされたとしても、俺は俺を優先する。自分を助けられない者が他人を助けられるはずもないのだから。

だから最悪の場合は見捨てる事も選択肢に入る訳だが、そうならないように努力はしておきたかった。手間は増えるが、仕方のない事だ。

ただし、手間が増えた分だけ得られたモノも多かった。

情報収集の一環で裏社会の情報が手に入ったし、この大陸の基本的な情報についても得る事ができた。

それに捕虜からは、敵の情報だけでなく、安全性が確認された身体能力強化などの有用な改造手術についての知識と技術を引き出す事に成功している。

元々、俺自身は改造手術を受ける事に忌避感は無かった。

というのも、元々俺は生体強化手術を受けた強化兵《ブーステッドマン》だった——ただし現在もそうかは不明。身体の能力や感覚は変わらないが、この世界では別の何かに置換されている可能性を否定できない——からだ。

骨格や筋肉を生体金属や強化筋肉に置換し、神経や血液の代わりにもなる多機能なナノマシンの投与などによって、俺は普通の人間を超えた身体能力を得ていた。

それでもアッサリと死ぬくらい危険性が高い過酷な仕事に取り組んでいた訳だが、それはさて置き。

改造手術を受けたという意味では、蟻人少年達と俺は同じである。

しかし、俺は、長い歴史と洗練された高い技術によって確立された安全な改造手術を、自分自身の意思で受けた。

対して蟻人少年達は、試行錯誤中で危険の大きい改造手術を、自身を見下す他者に強要された。

両者の間に隔絶とした差があるのは明白だ。だからこそ、拙《つたな》い技術で行われた改造手術の被害に対して感じる同情も大きいのだろう。

俺は蟻人少年達に協力し、せめて普通の生活ができるように手助けするつもりである。

今日は何やかんやと忙しくて疲れたので、早いうちに酒を呑んで寝た。

最近は迷宮産のビールがお気に入りである。

《三十二日目》／《百三■二■目》

これまで体を休めていた蟻人少年達は、狸親父こと治安維持部隊実行隊のラクン中隊長の屋敷からもう一つの拠点に移動し、そこで生活する事になった。

蟻人少年は心身共に大分落ち着いたが、他の面々はまだ心身の損傷が激しく、しばらくリハビリが必要になる。

その第一歩として自活させる事にしてみた。

まあ、始まったばかり。気長に回復していけばいいだろう。

最後まで面倒を見られないかもしれないが、自立できる程度までは回復してもらうつもりである。

そんな蟻人少年達だが、どこから《イア・デパルドス》に情報が洩《も》れるか分からない。

情報屋があちこち探っているかもしれないし、ふとした事で顔を知っている者が見かける可能性もある。

そこで、変幻自在に姿を変える事が特徴な〝エルペンテス・スライム〟の柔水膜《じゅうすいまく》というモンスター素材を使い、ぴたっと肌に貼り付く特殊メイクゴーレムを作ってみた。

目と鼻と口以外を覆《おお》い、後は適当に若返らせたり老《ふ》けさせたり、あるいは全く違う顔にしてみたりとバリエーションは豊富だ。

これで、少なくとも顔で居場所が露見する可能性はグッと下がった。

俺が知らない能力――例えば魔力の波動を感じるとか、魔力の色を見極めるなど――によって看破される可能性は無きにしも非《あら》ずだが、その場合はどうしようもない。その時はその時で柔軟に対応するしかない。

それに一応、拠点には複数の警備ゴーレムを配置したし、個人個人に特殊な電波を発する鉱石鉱物が組み込まれた発信器兼服型ゴーレムも配布している。

万が一拉致されても居場所は分かるし、最悪の場合にはこのゴーレムの別機能が助けになる。

ただ、こうした保険があっても、使用する素材によって限界があるので、外に出る時は気をつけてもらうしかない。

注意一秒怪我一生、油断は大敵だ。

まあ、騒動の元凶を取り除けば、穏やかな時間も心理的な余裕も生まれるだろう。

数日内にはひと区切りつけようと思う。

あー、しかし。昼間から呑む酒は最高だなぁ。

《三十三日目》／《百三■三■目》

捕虜から得られる情報は、大体出尽くしたと判断した。

【尋問官】や【嘘発見器】、【心理学】や【心拍数検知】などの多種類のアビリティを使って、できる限り虚偽を取り払い、真実を引き出した手応えもある。

そして他から集めた情報と、施設襲撃時に得た様々な資料と照らし合わせる事で大まかな裏付けも取れている。

という訳で、用が済んだ捕虜――改造手術技能を修めた技能系幹部と、その補助役の側近数名――を喰う事にした。

猛毒を使って最後の苦痛を与えて、新鮮なうちに頭から頂《いただ》く。

戦闘系構成員を喰った時も思ったが、改造手術を施された者は、前世の強化人間と同様に、添加物たっぷりの食材のような味がするらしい。

戦闘系構成員の場合は、戦闘能力を高める為か、筋肉はアナボリックステロイドやホルモン剤を使ったような味がした。魔法金属に置換された骨はコリコリとした歯応えがあり、神経伝達物質も通常とは違って少しピリピリする辛《から》みがあった。

対して今回の捕虜達は、技術者として手術の正確性を高める為に、器用さや記憶力の強化などといった改造手術を施されている。

その違いからか、良質な部位は主に脳と手だった。普通よりも発達した脳、柔らかな筋肉と鍛えられた神経が張り巡らされた手の味は、とても濃厚である。

筋肉が少なめで脂肪が多めな胴体も、それはそれで美味《うま》かった。

個人的には天然物の方が好みだが、ジャンクフードのような身体に悪そうな感じも、たまにはいいだろう。

この世界ではむしろ、滅多に喰えない味の可能性もあるのだから。

［能力名《アビリティ》【魔改造技能《マギリビルディ》】のラーニング完了］

［能力名【技師の指先】のラーニング完了］

そして得た二つのアビリティ。

魔力を用いるこの世界の改造手術だから、【魔改造技能】となったのだろうか。

何だか少し違うような気がしないでもないが、それはさて置き。

【技師の指先】は手先が器用になり、精密作業がしやすくなるアビリティだったので、有用な部類に入るだろう。使い方次第では戦闘時でも活躍する。

そうして血の一滴に至るまで捕虜の後始末を終えた後は、個人的な目的の為、さっさと襲撃して新しい捕虜を得る事にしよう。

情報収集の際、今後について気になるモノがあり、早く記憶を取り戻す為にそちらに力を入れたいからだ。

《三十四日目》／《百三■四■目》

勝負はいち早く準備を済ませ、状況を整えた方が勝つものだ。

相手がまだこちらの事をよく知らないこの機を逃す訳もなく、仕込みを夜明け前から行った。

要救助者達がいる施設近くを密かに巡り、屋根裏や意図的に作った死角などに、五種類のゴーレムを隠して配置していく。

一つ目は、合図すれば路地裏や隠された秘密の抜け道などを塞《ふさ》ぐ、塗り壁ゴーレム。

二つ目は遠隔の眼となる監視ゴーレム。

三つ目は構成員を捕らえる捕縛ゴーレム。

四つ目は要救助者を助け円滑に移送する保護運搬ゴーレム。

そして最後は制圧用の蜂《はち》ゴーレム。

この五種類の中で、今回最も重要なのは蜂ゴーレムだ。

襲撃時の主力になる蜂ゴーレムの大きさは五センチほど。

全身赤黒い金属製なのでズッシリと重い。しかし、薄く透き通るような金属翅は自ら風を生み出す特性を持つ魔法金属製であり、それを高速で動かす事で、重量からは想像できないほど速く飛行する。

金属翅は鋼鉄を紙のように切り裂く鋭さを持つので、ただ飛び交うだけで雑魚処理には十分かもしれないが、加えてモデルとなった蜂らしく毒針を持つ。

紫水晶のような毒針には、対象を無力化する【麻痺毒】や【睡眠毒】をはじめ、悪夢を見せる【幻覚毒】や血を固める【凝血毒】を仕込んでいる。

また胴体には、破壊された時、証拠隠滅も兼ねて近くの敵を殺傷する為にアビリティで作った

【高性能爆薬】が入っているので、即席の爆弾にもなる。

そんな気楽に使い捨てできる高性能な蜂ゴーレムも、やはり単体より集団である方が効率的だ。

その為、各施設の近くには蜂ゴーレムだけでなく、蜂ゴーレムの補給や修理、製造を行う巣も設置した。

この巣には一つにつき最大百体まで搭載可能であり、それを一つの施設につき十個用意した。

つまり蜂ゴーレムだけで千体になる。

逃げ場を塞いだ敵拠点はただの狩場に変わり、制圧後の行動もスムーズになるだろう。

そうして仕込みを済ませた後は様子見を続け、太陽が沈むまで待った。

そして逢魔《おうま》が時《とき》、作戦開始である。

各施設近くに潜むゴーレム達が一斉に動き、その猛威を振るった。

アチラも襲撃を警戒していた。用心棒を増員し、より厳しい監視体制を敷いていた。

だが、蜂ゴーレムの大群に襲われるとは思っていなかっただろう。

普通の構成員なら蜂ゴーレム一体で十分制圧可能で、戦闘系幹部の場合でも数十体の蜂ゴーレムが群がってお終いだ。

一部の戦闘系幹部には蜂ゴーレムを数体壊されたが、そもそも蜂ゴーレムは消耗が前提にある。

次の相手に意識を向けた戦闘系幹部らの足元という死角で、倒したはずの蜂ゴーレムが爆散。その破片に襲われて彼らは死傷した。意識外からの攻撃を避けられる者は少ないので、仕方のない事だろう。

壊しても壊さなくても致命的な蜂ゴーレムにより、構成員はほぼ全て拘束に成功。

各施設が完全に制圧されるのも時間の問題だった。

そして首領の屋敷では、無数の蜂ゴーレムに加え、【宝殻鬼《ほうかくき》】を装備した俺と蟻人少年、それから救助した者の中から戦闘用に調整された男性二人と女性一人が乗り込んでいる。

本拠地だけに、導入した蜂ゴーレムの数は二千に及ぶ。

数の暴力と統率された連携による阿鼻叫喚《あびきょうかん》の中を、俺達は進んでいった。

その後、襲撃は特に問題も無く短時間で終わった。

多少は見逃しもあるだろうが、首領をはじめ、この組織に改造技術を持ち込んだ件《くだん》の狂人や主要幹部、敷地内にいた構成員の大半の捕縛は完了。

更に、各施設にいた要救助者から優れた武具や高価な家具、隠し財産までの全てを確保した。

漁夫の利を狙って襲ってくる者がいるかもしれないので、警戒しながら色々と後始末していくと、一段落する頃には日が変わっていた。

襲撃に費やした時間よりも、後始末の方が長かった。

ちなみに懐《ふところ》に入れていた【怨霊の魂石《ガイスト・ゼーレ》】は、気がついた時には【破魔の浄石《エクセスト・ローレ》】に変化していた。

つまり、《イア・デパルドス》に怨みを抱いて死んだあの店主との約束が、無事に果されたという事だろう。

共に突入した女性戦闘員曰《いわ》く、【破魔の浄石】はアンデッドモンスターに対する高い耐性と攻撃力を得られる貴重なアイテムだそうだ。

内部に銀の光を秘めた水晶のような見た目に変わったので、調度品としても価値が高そうではある。

それをどう扱うか少しだけ迷い、結局喰った。

[能力名【破魔の浄石】のラーニング完了]

ラーニングできた能力を試しに使ってみると、身体が銀の光を帯びた。周囲に充満する死臭が、この銀の光に触れた傍から浄化されていき、どことなく清浄な空気が漂っているような気がする。

何だか空気清浄機みたいだが、それはともかく。

万が一、ここの構成員達が怨霊となって復讐しようとしても、これなら問題なく返り討ちにできそうだ。

個人的に、怨霊が喰えるか試したいので、復讐に来てくれるのなら歓迎しようと思う。

《三十五日目》／《百三■五■目》

——たった一夜にして起こった《イア・デパルドス》壊滅事件に迫るッ。

——近隣住民からの情報によると、無数の何かに襲われていたという。

——《イア・デパルドス》の首領デパカドラ氏の本邸には、戦闘の痕跡が僅かに残されていただけで、調度品などあらゆる品が無くなっていた。

——出頭して治安維持機構に保護された元構成員は、『鬼に、鬼に……』と譫言《うわごと》のように繰り返すだけで、詳しい事情聴取は行えない状態にある。

——先日の襲撃事件にも現れた宝石鎧鬼、その正体は一体何なのかッ。

——《アドラム山道》にて山蛮竜アケムナラが氷付けの状態で発見され、山道は一時通行止めになっている。

——毎年恒例、《テスラ雷平原》に大量発生するディアブトロン・トードが一夜にして壊滅。普段よりも激しい雷鳴が轟《とどろ》いていたらしく、それが関係するのか？

——巡礼中だった【堕神教】の高位汚染教師ナルトラ・カジャと信者一行の消息が《マドラレン宣教都》付近で途絶える。

——数日前に突如現れた、天に一直線に伸びる岩の天塔を駆け上った冒険家アンドレイ氏曰く、

『塔の先は天空島と繋がっていた』という。新しい交易路となるのやもしれない。

号外や夕刊の一面を彩《いろど》る記事は、俺が起こした襲撃事件についてが多かった。

幾つもある情報誌が一斉に似た話題を取り上げ、世間の表裏両面で活動が激しさを増しているらしい。

その他にも色々と気になる情報が掲載された情報誌を流し読みしつつ、俺は拘束した狂人から様々な情報と技術を吸い出していた。

狂人は、ハダカデバネズミをヒト型にしたような血色の悪い獣人で、血や何かの薬品の汚れが目立つ白衣を羽織《はお》っている。

一人でも問題なく改造手術ができるように自分自身も改造しており、生身のように精密操作できる偽腕が左右の肩と腋《わき》に追加され、六本腕となっている。

目は特殊なマジックアイテムの義眼で、後頭部には増設脳が入った半透明の強化ガラス管が引っ付いている。

外見からして色々とぶっ飛んでいるし、溢れ出る知識と技術と発想はまさに狂人と言うしかないレベルで、間違いなくある種の天才である。

倫理観が無さすぎて、元々所属していた研究施設にいられなくなったそうだが、それも仕方ないとしか思えない。

そんな狂人から情報を引き出す方法として、当初は拷問でもしようと思っていた。

というか実際にそうした。

しかし狂人は、自分の意思で痛覚などをほぼ完璧に遮断できるようにしていたので、拷問は意味が無かった。

これでは非効率的だし、下手にやりすぎると情報を引き出す前に死ぬ事になる。

そう判断して早々に拷問は中止し、さてどうするかと思っていたのだが……改造技術について聞いてみたら、呆気なく答えてくれた。

どうやら狂人は、自分自身の境遇よりも、改造技術の発展と探求にしか興味が無いようだ。

自身が殺されるのは、それ以上探求も発展もできなくなるので嫌らしいが、誰かが思想や技術を受け継いでくれるのなら、それはそれでいいという。

ある程度話を聞いた後、俺が前世の改造技術に関する知識を基に、狂人の改造技術との差異について質問したところ、そこには狂人にも無かった発想が多分に含まれていたらしい。

食いつきが凄く、俺の考えや発想などをポツポツ提示するだけで、テンションを上げながら延々と語ってくれる。

面倒なタイプの性格だ。付き合うのがとても疲れる。しかし饒舌《じょうぜつ》になるのであれば、長い付き合いはご遠慮願うにせよ、一時的に我慢するだけの価値はあるだろう。

扱い方が分かれば、狂人を制御するのは物凄く簡単だった。

引き出す情報が多すぎて時間が必要だが、一先ずの用事は済んだ。

蟻人少年達には自立に向けてリハビリしてもらっているので、少し時間の余裕もあった。

しばらくは狂人に付き合い、得られた全ての情報を【電脳書庫】に記録する作業が続きそうだ。

《三十六日目》／《百三■六■目》

今日も狂人から情報を引き出す。

詳しく説明するのは憚《はばか》られる内容なので省略するが、現在、狂人は改造手術に取り組んでいる。

俺が語った内容に刺激されて発想した新しい改造手術を、実際に行っているのだ。

幸い、実験体とする素体は先の一件のおかげでそこそこいた。

《イア・デパルドス》の構成員だった捕虜達である。

これまで他人にしていた事を、今度は自分達で受ける事になった。ただそれだけの事だ。

たとえ死んでも、その肉体は次に繋がる犠牲となるので、無駄も無い。

ただ、今日はここまでにしよう。

俺も助手を務めてみたが、常人では気分が悪くなるだけだ。

《三十七日目》／《百三■七■目》

今日も実験である。

詳細は省くが、狂人は狂人だったと言っておこう。

喰わず、眠らず、休まず動き続けるタフさと集中力については素直に感心するが、倫理観が消滅したとしか表現できない事を嬉々《きき》として行うのだから。

素体となる捕虜とは顔見知りだろうに、そんな事は一切気にせず手術している。

まあ、それを見て特に何も思わない俺が言うのも可笑《おか》しいか。

モルモットを見る科学者も、こんな気持ちなのかもしれない。

《三十八日目》／《百三■八■目》

狂人の助手を務め、捕虜を材料にした技術取得を始めて早数日。

基本的で安全なモノはもちろん、全ての捕虜を使い潰す事と引き換えに、危険性の高めな手術技法も【電脳書庫】に記録できた。

また、その課程で、この世界にいる獣人や魔人などの人型生物の内部構造などについても、多く知る事ができた。

今回の一件で得た物はかなり多かった。

正直に言えば、狂人の使い道は他にもあるが、しかしそろそろ切り上げ時だ。

狂人は狂人らしく、油断すると何かしでかす危うさがある。

今は新しい試みに興味が向けられているが、いつ気分が変わるかも分からない。

一定の成果を得た今、その処理は確実にしなければならない。

だから最後にひと働きしてもらうべく、【弁舌】や【洗脳話術】などのアビリティの組み合わせで納得させた狂人と俺は、手術台に寝かされた被救助者の一人である男性の左右に立っていた。

これから行うのは、蟻人少年ら被救助者達の再改造手術である。

そもそも、一度改造手術を受けた者を完全に元に戻す事はほぼ不可能だ。紙を折ったら折り目がつくように、肉体を元に戻そうとしても、どうしたって何かしらの痕跡は残される。

それに、改造手術で精神が壊れていたら、肉体が元に戻ったとしても、手術前の状態になったとはとても言えない。

だから今回の再改造手術は、彼らを元の身体に戻す事ではなく、バランス調整とかメンテナンスが主な目的だった。

これまでは、改造手術に失敗したら、そのまま放置、あるいは破棄されるだけだった。狂人達の目的からすれば、失敗による不具合や欠点をいちいち治すよりも、また新品を使った方が色々と楽だからだ。

　しかし、治す事で得られる知識もある。そこから発展する技術もある。

　そんな事を狂人に言って聞かせると、今は新しい視点からのアプローチが刺激になっていた事もあって、意欲的に働いてくれた。

　調整にかかる時間はバラバラだ。短時間で終わる場合もあれば、内臓を弄《いじ》る必要があったりなどで数時間かかる事もあった。

　現在、一時的とはいえ俺の庇護下にある被救助者達の数は、約七十名。

　本当はもっといたが、既に回復不可能な状態になっていたり、深い絶望から自殺を選択する者もいたりと、当初から減ってこの程度の数に収まっている。

　また、この中には調整の必要が無い成功例――商品価値が高く待遇が良かった者達――も含むので、実際に再改造をする数は多少減るが、それでも時間は必要だ。

　改造手術で医療系の能力を与えられた者達にも手伝ってもらうものの、今日一日は手術室から動く事はできそうにない。

《三十九日目》／《百三■九■日目》

　何だかんだと徹夜で改造手術をし続け、夕方頃にはほぼ完了した。

著《いちじる》しくバランスを崩した内部構造によって致命的な欠陥を持っていた者も回復し、移植された異形な器官は本人が不必要だと判断したら取り除いた。

様々なパターンの調整を終えた結果、被救助者達は全員が改造手術を受ける以前よりも優れた肉体を持つに至った。

五感は冴《さ》え、生命力の漲《みなぎ》る肉体に、豊富な魔力。今や彼らは弱者ではなく強者の部類になった。

とはいえ、内心は複雑だろう。

得たモノは大きいが、それは自分の意思とは関係なく与えられたのだから。奪われたモノも、失われたモノも多い。

それに精神的な問題が全て解消された訳でもないし、その他の問題もまだあるが、最後まで俺が面倒を見る事はできない。

俺には俺の目的があるのだから。

蟻人少年達が今度どうやって生きていくのか、それは本人達で決めてもらうしかない。

そして、役割を終えた狂人は丸ごと喰った。

狂人も自分が生き残る事はできないと悟っていたのか、俺に伝えられた技術や思想などが次代に繋がる事を祈る、なんて言い残した。

その願いが叶うかはさて置き。

［能力名【狂気の思想】のラーニング完了］
［能力名【鬼才の閃《ひらめ》き】のラーニング完了］

これらのアビリティが狂人からラーニングできたが、新しい発想が得られやすくなる【鬼才の閃き】はともかく、【狂気の思想】は用途が限定的で、特殊な使い方をする必要がある。普段は狂人のような存在を理解しやすくなる程度にしか役立ちそうにない。

使い道に困るアビリティがまた一つ増えてしまった。

どうせラーニングするなら使いやすいアビリティがいいのに、と意味のない愚痴《ぐち》が零《こぼ》れた。

《四十日目》／《百四[redacted]目》

蟻人少年達には、大雑把に二つの選択肢があった。

出ていくか、残るかである。

帰れる場所が残っているのであれば、出ていけばいい。

帰る場所がないのなら、残ればいい。

帰りたくとも帰れないなど、複雑な事情が色々あったりするので、簡単に判断できない者もいるだろうが、分かりやすい選択肢を用意してやった結果、それぞれがそれぞれの選択をした。

まだ太陽が昇ったばかりの早朝。

調節を終えた被救助者達の一部が《自由商都セクトリアード》を出発した。

彼・彼女達が目指すのはそれぞれの故郷、あるいは親戚が暮らす場所である。

その数は約三十名。

安全の為、向かう方向が同じ者同士で幾つかの集団を形成し、しっかりとした足取りで去って行った。

もちろん、ただ放り出した訳ではない。

十分な額の路銀と、道中の安全の為に一人につき十体の蜂ゴーレムとそれを操作するピアスを配給している。

この蜂ゴーレムは悪用防止のセーフティを施したもので、毒は補充できないし、壊れれば自壊する。襲ってきた相手を撃退するのならともかく、悪用すればそれ相応の罰が下される、という事をしっかり説明しておいた。

その上で、最悪何かあった場合はここに戻ってくればどうにかしてやる、と言って送り出したのだ。俺の役割は十分果たしたと判断していいだろう。

そして、出ていかずにここに残った約四十名は、《朱酒槍商会《ドランクランス》》本店の従業員として雇う事になった。

残る事を選んだのは、蟻人少年をはじめ、調整によって再生する肉袋だった状態から正気を取り戻した青年や、《イア・デパルドス》への襲撃にも参加した戦闘要員の男女などだ。

年齢層としては、蟻人少年のように幼くて誰かの庇護が必要な者、あるいは年老いて帰る場所のない者が多い。中には肉袋青年のように一人で生きていけそうな者もいるが、色々と思うところがあるのだろう。

個人個人が何を思っているのかはさて置き、とりあえず資金は潤沢《じゅんたく》だ。出ていった者達に十分な路銀を渡した上で、まだ余っている。余裕を持って《朱酒槍商会》《ドランクランス》を運営できる下地がある訳だ。

そして、当面の事業内容はゴーレム半装軌車《ハーフトラック》である【ゴーレムクラート】を改造・量産した【ゴーレムトラック】を使った運搬業とする予定だ。

まず大前提として、十分な教育を受けていて頭脳労働を任せられる従業員が非常に少ない。実際、文字を書けて、計算ができるのは、教育の賜物《たまもの》なのだ。

煩雑な事務処理を任せられるまで教育するには時間がかかりすぎるし、数少ない教育済みの従業員にばかり作業が集中しては問題が多すぎる。

しかし、従業員は全員が改造手術を受け、子供でも成人以上の膂力《りょりょく》があった。

例えば蟻人少年なら荷入りの【ゴーレムトラック】でも担《かつ》げるだろう。

そうなると、商人の出入りが激しく商品が大量に行き交う《自由商都セクトリアード》において、単純労働であり、かつ需要の大きい運搬業を選択するのは自然な事だった。

大量運送できる【ゴーレムトラック】に、優れた身体能力によって積み下ろしを普通よりも効率的に行える従業員。

情報収集時の際に築いたコネにより、初仕事は既に受注済みで、明日から早速取り掛かる。

ほとんどぶっつけ本番になるが、少しでも経験を積んでおく為、今日一日は積み下ろし方や運び方、【ゴーレムトラック】の運転などを色々教えていった。

付け焼き刃なので問題も出てくるだろうが、最低限のやり方は伝授できただろう。

蟻人少年達も従業員としてやる気が出てきているのは良い事だ。トラウマが残っている者も多いものの、打ち込める何かがある方が気分も紛《まぎ》れると思われる。

明日に向けて、今日一日は皆頑張っていた。


さて、これで、出ていった者に対しても残った者に対しても、十分面倒を見たと言える段階に来たのではないだろうか。

そんな訳で、夜になると主要なメンバーを集めて宣言した。

手厚い保護はここまでとする、と。

俺がずっと支える事はできないから、生活が一変していく今が良い機会だろう。

今後の運営は、色んな条件から考えて、肉袋青年に引き継ぐ事にする。

肉袋青年は、数少ない頭脳労働を任せられる従業員であり、その中でも最も頭が良く、かつ人望もある。後任として申し分ない。

俺を会長とするなら、肉袋青年は雇われ社長といったところか。

トップをいきなり任せられた肉袋青年は困惑していた。

恩人である俺が任せるのだからその期待に応えたいが、事業に失敗して損失を与えたら、と思うと戦々恐々らしい。

しかし、事業に失敗しようが、生きていれば次がある。

資金はタップリあるので、多少の失敗などどうにでもなるし、まだまだ稼ぐ手段はある。大きな失敗があっても責任と後始末は受け持つから気軽に頑張れ、とエールを送った。

大きな利益が出るなら最良。

利益が出なくても、次に繋がるコネとかが出来るのであれば良し。

駄目なら他にもある裏組織を潰して再起するので良し。

そう、何も問題ない。

ここまで気楽に仕事ができる事なんて、中々無いのではなかろうか。

一応、遠隔通信の手段は残しておき、ここでの拠点の維持を肉袋青年や蟻人少年達に任せる準備を着々と進めつつ、俺は次なる目標へと意識を向けた。

俺の失われた記憶。

それを取り戻す手段はまだ分からないが、一つ重要なキーワードがあった。

【エリアレイドボス】。

大陸に七体存在する超常の存在。

その存在を知った時から強く興味を惹かれていたが、その内の一体――古代守護呪恩宝王〝ファブニリプガン〟の存在を知った際に、ある種の確信を得た。

気がついた時に近くにあった祭壇を喰ったら、【宝王の祭壇】という『宝王』の名が付くアビリティをラーニングできた。だから、あの祭壇は〝ファブニリプガン〟由来のモノだったのだ。

そもそも何故あそこにいたのかは思い出せない。

しかしだからこそ、何か関係があるのは間違いない。

思い出すには〝ファブニリプガン〟に会えればいいのだが、あそこにはそれらしき存在はいなかった。

もしかしたら、記憶を失う前の俺が〝ファブニリプガン〟を殺したのかもしれない。

そうなると、やはり他の【エリアレイドボス】に会う必要があるだろう。

だから俺は、現在地から最も近い【エリアレイドボス】の内の一体――古代爆雷制調天帝〝アストラキウム〟に会いに行こうと思う。

きっと、穏やかな話にはならないだろう。

だけどこれは必要な事に違いない。何となく、そう思う。

そう、決して『喰ってみたい』なんて欲望を抱いている訳ではない。

これは早く記憶を思い出す為に必要な事であって、そのついでに美味しい思いができるのなら最良だろう。

色々と思うところはありつつ、準備は滞《とどこお》りなく進んでいった。

《四十一日目》／《百四■一■目》

出立する準備を色々と進めつつ、最初の仕事を見届けるべく今日の現場に同行する。

朝食を食べ終え、仕事を始める人が増える時間帯。

十トンのアルミバントラックをモデルにした二台の【ゴーレムトラック】が、従業員数名と俺を乗せ、舗装《ほそう》された道路を走行する。

練習も兼ねているので、【ゴーレムトラック】を運転するのは、肉袋青年と、戦闘要員の男性だ。

俺は肉袋青年が運転する先頭車両に乗車し、教官のように適宜《てきぎ》アドバイスをしていく。

初心者である肉袋青年は非常に緊張しているらしく、身体は無駄な力が入ってガチガチだ。視線が忙《せわ》しなく動き、ハンドルを握る手にはギュッと力が込められているのが分かった。

見ている方が心配になるほどの緊張具合だが、乗車経験自体が乏《とぼ》しい事に加え、運転に不慣れだから仕方ない。

それに、道路を自由に行き交う荷車はもちろん、歩行者にも注意が必要だ。

下手に衝突事故でも起こそうものなら、頑丈で重いこちらはともかく、相手側の被害が大変な事になるのは明白。運が良くて軽傷、悪ければ即死もあり得る。

しかし一応、走行時の安全性は【ゴーレムトラック】自体の性能と機能で確保してあった。

自動運転で運転手が居眠りしていても問題なく進む事ができ、進行ルート上に飛び出しがあっても自動的に緊急停車する。

そうでなければ、まともに練習もしていない初心者に運転させる訳がない。

だから、今の肉袋青年のように過度に周囲に気を配る必要はないのだが、安全運転の心がけは事故を起こさない為の基本中の基本である。各種安全機能については、まだ黙っておく事にしようと思う。

そんな訳で、必要以上に慎重な肉袋青年による運転の先頭車両と、似たような状況にある後続車両は、時速三十キロ程度の低速で進んでいった。

移動中、道行く人々の視線が集まってくるのを感じた。

その原因は、【ゴーレムトラック】のサイドパネルに、新興商会《朱酒槍商会《ドランクランス》》の広告を載せているからだろう。

他の荷車とは明らかに外観が異なる【ゴーレムトラック】は注目の的《まと》なので、移動するだけで大きな宣伝効果があった。

広告を見た人から後日仕事が来れば儲《もう》けものだろう。

宣伝と練習を兼ねて少し大回りしながらも、予定の時間より少し早く、待ち合わせ場所に到着した。

そこは、都市外に繋がる正門近くにあるちょっとした広場だ。ここは待ち合わせ場所としてよく使われるので、周囲には同じように時間を潰している者も多い。

従業員達とコミュニケーションをとりながら数分ほど待っていると、白い狼のような騎獣に乗り、複数の護衛を引き連れた二頭牽きの箱馬車が二台、広場に入ってきた。

どちらもそこまで珍しくはないデザインの馬車だが、作りは頑丈そうであり、牽引するのは質の良さそうなゴーレム馬《ホース》だ。

馬力もあって疲れ知らずのゴーレムホースは結構高価な品であり、ある程度以上の財力を持つ者が乗っている事を示している。

先頭の馬車の側面には、宝石と眼鏡と金槌《かなづち》の紋様が刻まれていた。

その事から、これが今回の取引相手を紹介してくれた《リグナドロー宝石店》のモノだと分かった。

そして後続の馬車の紋様はそれとは違う。つまり、今日の取引相手である《アドーラアドラ鉱物店》の馬車なのだろう。

【ゴーレムトラック】は大きくて目立つし、商会の広告も載せているので、二台の馬車は真っ直ぐこちらに来た。

そしてすぐ側に来ると、まずは《リグナドロー宝石店》の馬車から、店長とその秘書が降りてくる。

店長達と軽く挨拶を交わす間に、《アドーラアドラ鉱物店》の馬車の扉が開いた。

出てきたのは、体格の良い狼《おおかみ》獣人だった。

太く大きい上半身は灰色の体毛に覆われ、下半身には何かの革製のズボンを穿《は》いている。腰にはナイフが吊り下げられているが、観察した限り徒手空拳を得意とする感じなので、戦闘用ではなく解体などの雑用で使うのだろうか。

まさに狼のような頭部にある鋭い双眸は真っ直ぐに俺を見つめ、こちらを細部まで観察してくるが、しかし敵意は感じられない。

恐らくは護衛役なのだろうこの狼獣人は、数秒ほど俺と対峙した後、馬車の出入り口の脇に移動した。

次に出てきたのは一人の女性だ。

動きやすそうな乗馬服に似た服装と、やや鋭い目つきから、気が強そうな印象を受ける。

しかしそんな印象とは裏腹に社交的な性格であるらしく、朗《ほが》らかな笑顔と共に簡単に自己紹介を終えた。

この女性は、《リグナドロー宝石店》が宝石を仕入れる重要な取引相手の一人であり、複数の迷宮鉱山を運営する《アドーラアドラ鉱物店》の三代目女商会長であった。

《アドーラアドラ鉱物店》は《自由商都セクトリアード》でも老舗《しにせ》の部類で、七つの有力な商家――【七大商家】とも関係を持つ大きな商会だ。

新興商会である《朱酒槍《ドランクランス》商会》としては最初の仕事からかなりの大物相手になるが、ここで上手くいけば今後が楽になる。

挨拶もそこそこに、早速仕事に取り掛かる事にした。

今回の仕事は、《アドーラアドラ鉱物店》が運営する迷宮鉱山へ産出した資源を受け取りに行って、持ち帰る事だ。

帰りは荷台一杯に資源を積み込む事になるが、その前にまず、店長と女商会長達が乗ってきた馬車二台を荷台に載せた。

単純に【ゴーレムトラック】で運んだ方が早いからだが、どういう風に載せて、運ぶ事ができるかを見せる意味もある。

ゴーレムホースや馬車は、荷台で動かないように固定していく。

【ゴーレムトラック】の大きさは、馬車を二台載せてもまだ余裕がある。それを女商会長と店長――店長は紹介を終えたら帰る予定だったのに、好奇心からか同行する事になってしまった――が視察した後、全員で運転席がある前面のキャビンに移動した。

キャビンには五、六人くらいなら余裕を持って乗れるスペースがある。キャビンの上部にあるルーフも使えば更に数名乗れる。

先頭車両には俺と肉袋青年と店長と女商会長の四人が乗り、従業員達と御者二人は少し窮屈になるが後続車両に詰め込み、出発した。

周囲の流れに沿って正門まで移動し、何の滞りも無く外に出る。

騎獣に乗った護衛が周囲を警戒しながらついてくるが、それを気にする事なく【ゴーレムトラック】は徐々に速度を上げていった。

肉袋青年達も多少慣れてきたのに加え、周囲の荷馬車や歩行者の数が減った事が、精神的なゆとりに繋がった。

時速四十、五十、六十キロと速度を上げながら街道を進み、途中からは女商会長が保有する迷宮鉱山に向かう山道を登っていく。

山道はやや蛇行していて、傾斜もキツいが、対向車もいないし幅も広い。

それに、《アドーラアドラ鉱物店》が長年採掘してきただけあって、コンクリートのような何かで舗装されていて、何もされていない道より遙《はる》かに走りやすかった。

護衛を置き去りにするように山道を進み、一時間もしないうちに到着した迷宮鉱山は、山の中腹にポッカリと開いた大穴だった。

そのすぐ近くには、堅牢な石壁と深い空堀に囲われた建物がある。

これは鉱山夫達の拠点であり、物資集積場でもあるそうだ。

中に入るには、丸太で作られたような跳ね橋を渡り、不可思議な紋様を浮かべた城門をくぐる必要がある。

見張り番がこちらの接近を強く警戒していたが、女商会長が窓を開けて犬笛のような何かを吹くと、問題なく建物の中に通された。

そこには、多くの荷馬車が行き交えそうな広場があった。

その一角に停車し、ひと仕事終えて脱力する肉袋青年を労《ねぎら》いつつ、女商会長や店長に感想を聞いてみる。

【ゴーレムトラック】に乗ってかなり興奮気味だった女商会長曰く、馬車に乗ってくるよりも遥かに早く、かつ乗り心地もよかったらしい。

好印象ポイントを稼げたのに満足しつつ、さっさと彼らの馬車を下ろした俺達は、鉱山夫達が集めた迷宮鉱山産の資源の積み込み作業を行っていった。

ちなみに迷宮鉱山とは、主に天然のゴーレムなどの鉱物を採取できるダンジョンモンスターが生息する鉱山の事を言うらしい。

危険性は普通の鉱山よりも遥かに高いが、その代わりに、出現するゴーレムの種類によっては普通に採掘するよりも利益が出しやすいという。

なにせゴーレムは資源の塊《かたまり》である。

岩の塊であるロックゴーレムでも、構成する岩の種類によっては高値で売れる。レアメタルで構成されたゴーレムなら更に良い値がつくそうだ。

そして今回運ぶ資源は、重量があるものの価値の高いメタル系だ。

運びやすいように腕や足、胴体や頭部などに分けて、ある程度ゴーレムを解体した資源入りの木箱。それが何十と積み重なっていたが、次々とリレー形式で運ぶ事で、積み込みは短時間で終わった。

今後もっと効率良くする為に、【ゴーレムトラック】のリアドアの高さに合わせた資源集積倉庫を作る事も、視野に入れておこう。

より楽にするなら、フォークリフト的なゴーレムをリースして配置するのも良いかもしれない。そうして荷物を手軽に運べたなら、俺達がいない時でも鉱山夫達は楽に仕事ができるだろう。

運搬作業を見ていた女商会長に今考えた事を簡単に説明すると、アチラも乗り気になり、今後の継続的な契約を結べた。

契約書は護衛兼秘書だったあの狼獣人が持っていたので、その場で即決だ。

【ゴーレムフォークリフト】はできるだけ早く、という注文であったので、手持ちの素材を使って三台ほど即座に製造した。

即席だが、【ゴーレムトラック】などの製造経験もあるし、最低限の機能は確保できているはずだ。

ただ、リースするので保管状況がどうなるか分からないし、盗難された場合も考え、【ゴーレムフォークリフト】を始動させる【ゴーレムディンプルキー】もセットで作る。

それぞれに対応する【ゴーレムディンプルキー】を使わなければ動かないので、これを管理するだけで盗難防止になるだろう。一応、拠点から一定範囲内までしか動けなくしてあるが、保険は幾つかあるべきだ。

三十分もせずに出来上がった【ゴーレムフォークリフト】の扱い方を説明し、実際に使う事になる鉱山夫達に運転させてみる。

多少ぶつけたりしていたが、もし壊れても、後部の搭載した修復炉にゴーレムコアとか残骸を補充して放置しておくだけで直る。

ここには修復材料になる素材が、それこそ売るほどあるのだから、多少手荒に扱っても問題ないだろう。

子供が新しい玩具で遊ぶような光景をよそに、資源を運びやすくする木製パレットも幾つか作り、それを使った運搬法を拠点の責任者と女商会長達に説明した。

昼過ぎにはここでする事も無くなったので、帰る事にする。

その際、《リグナドロー宝石店》と《アドーラアドラ鉱物店》の馬車を中央に配置し、【ゴーレムトラック】がその前後を挟むように車列を組んだ。【ゴーレムトラック】の荷台には資源入りの木箱が満載であり、来た時のように馬車を載せられないので、自然とこうなる訳だ。

ただ、いずれの馬車にも御者しか乗っていない。

女商会長や店長達四人は、乗り心地のいい先頭車両の【ゴーレムトラック】に乗っている。

その方が色々と話せるので、こちらとしても悪い話ではない。

帰り道では、これまで資源の運搬をどうしていたかを知る事ができた。

女商会長によると、ずっと自社の運搬部隊で運んでいたそうだ。

ただ、それには相応にコストがかかっていた。重量に耐えられる運搬車の製造費、作業員の確保、外敵の襲撃に備えた護衛の配置などなど。

大量に収納できて持ち運びが簡単な、収納系マジックアイテムを使った運搬方法もあるにはあるが、それらは比較的貴重な部類だ。大量に収納可能な物になればなるほど高額であり、迷宮鉱山内で鉱山夫達が使用する分も考えると、必要量を揃えるのは非常に大変である。

となると、迷宮鉱山から都市まで運搬するのは、荷馬車などを使った方が経費を抑えられる。

それにもし買い揃えようと思ったら、ライバル商会の横槍が入るのはもちろん、他の商会まで敵に回る可能性も出てくる。収納系マジックアイテムは欲しい者が多いから、無理に買い集めれば無用な恨みまで買ってしまうという訳だ。

削りたいけど削れない。運搬費用は、経営者として長年頭の痛い問題だった。

そこに登場したのが俺達だ。

これまでよりも速く、そしてより多く運搬できるようになれば、やり方も変えられる。

代金はそこそこするが、これまでと比べればまだ安い。

また、安全性の高さも実演済みだ。

たまにモンスターが襲い掛かってきても、騎獣に乗った護衛達が排除に動くよりも早く、普段は【ゴーレムトラック】の車体下部に収納されているゴーレムアームが自動的に展開。その指先にある銃口からマシンガンのように石弾を射出する。

これは突風を生み出す魔法宝石を使った豪華仕様のエアガンであり、一種のマジックアイテムとも言えるだろうか。

弾はその辺に転がっているし、連射速度も速いので、大抵の相手は蜂の巣になった。

一定以上の強さを誇るモンスターには通じ難いが、その他にもまだ迎撃機構はあるので大丈夫だろう。

最悪、【ゴーレムトラック】が正面からぶつかれば轢殺《れきさつ》できる。

防衛性能の高さも主張しつつ、今日の仕事は無事に終わった。

今後とも良好な付き合いができそうで、一先ずは最良の結果になったと言えるだろう。

《四十二日目》／《百四[redacted]二[redacted]目》

ゴーレムは金になる。

この世界の知識にはまだまだ抜けがあるので少し不安だったが、【ゴーレムフォークリフト】のリース契約の一件から確信した。

ゴーレムを製造できる技術者は貴重であり、かつ天然のゴーレムに似た造形で製造される事がほとんどだそうだ。

だから【ゴーレムトラック】や【ゴーレムフォークリフト】のように、目的に応じた造形のゴーレムが活躍できる余地は大きい。

【ゴーレムフォークリフト】などは、迷宮鉱山を運営する似たような商会に売り込むのもいいだろう。簡易的に荷物を運ぶ【ゴーレムターレ】なら様々な商会が食い付くはずだ。【ゴーレムトラック】などの大型系はこちらで抑えるが、小型系ならリースやレンタル業で稼ぎやすそうである。

運搬業の他に、太い商売の柱が出来そうな予感がした。

とりあえず、【商会連合】が運営する巨大な中央事務所に早朝から出かけ、【元祖登録】を行う事にした。

《自由商都セクトリアード》では無数の商品が扱われている。

その中には新商品も数えきれないほどある訳だが、売れるモノはすぐに模倣される。目ざとい商人なら売れる商品を見過ごす事はない。せっかく新商品を開発しても、成果だけ吸い取られてはどうしようもない。

そして、中小商会は大手に対して資金など多くの面で不利である。

商品開発には金も時間もかかるのに、大手が真似して大量生産と低価格で販売したら、開発に投資した資金の回収すら困難を極める。

そうなると中小商会は倒産してしまうだろう。それが続けば優れた商品は生まれにくくなり、大手との格差が広がり続ける。次第に経済が膠着《こうちゃく》して、市場全体が衰退する事も大いにあり得る。

そこで、【元祖登録】という制度が出来たらしい。

新商品を登録しておけば、一定期間――数十年ほど――は他から類似商品が出ても合法的に叩き潰す事が可能になる。類似品を出したい場合は、手続きして一定の使用料を支払う事で許可される。

特許、と考えればいいだろうか。

今回【元祖登録】するのは、【ゴーレムフォークリフト】や【ゴーレムターレ】をはじめとする幾つかの新しいゴーレムだ。

以前【ゴーレムトラック】を登録済みだったので、手続きにもさほど手間取る事なく、昼前には無事に済んだ。

その後は店に帰って、【ゴーレムターレ】や【ゴーレムフォークリフト】などの小型ゴーレムを造る【小型ゴーレムプラント】の製造に着手した。

その際、メンテナンスや作業手順の教育も兼ねて、従業員に手伝わせる。これからは各自に主力として働いてもらうのだから、自分達でできる範囲の事はできるようになってもらう必要があった。

一応、俺の不在時でも問題がないようにマニュアルも製作する。

防犯の観点からこのマニュアル自体もゴーレム化し、ついでに従業員を手助けできるようにヒト型にしておこう。

アビリティをフル活用したので、夜には【小型ゴーレムプラント】が一先ず形になった。
旅の準備も順調なので、あと数日で出発できそうだ。

《四十三日目》／《百四■三■目》

再び迷宮鉱山に向かう二台の【ゴーレムトラック】を見送った後、広告を見て興味を惹かれたという幾つかの商会と交渉する。

最初の相手は《レベリトーテスラ》という、《自由商都セクトリアード》から少し離れた場所にある農村を経営する中堅の食料品系商会だ。

現在、《自由商都セクトリアード》で消費される食料の多くを供給しているのは、都市の近くにある大農場であり、その大農場の運営は大手が行っている。距離が近い分、新鮮な野菜を大量に搬入でき、価格も抑えられる。

それに勝つ為に、《レベリトーテスラ》は珍しくて美味しい野菜を栽培しているそうだが、より新鮮なうちに運びたいと思って【ゴーレムトラック】に目をつけたらしい。

作っている野菜を試食させてもらったが、これが美味しく、迷う事なく冷凍冷蔵機能付きの【ゴーレムトラック】による運搬契約を行った。

ただ、冷凍冷蔵機能は冷却能力のあるマジックアイテムによるもので、トラックが大きすぎると冷却効率が悪い。

そこで今回の【ゴーレムトラック】の大きさは四トントラックくらいに抑えたが、こちらの方が大型よりも小回りが利くので、近場での運送なら十分だろう。

次の相手は、《家屋解体職人・トロロニン》という、家屋解体を専門に行う商会だった。

建物の代謝も活発な《自由商都セクトリアード》において、解体業は重要な仕事だが、瓦礫《がれき》の運搬作業は重労働だ。

その解決に【ゴーレムトラック】が良さそうだ、と考えてやってきたらしい。

頼みたい仕事というのは、解体現場に赴いて瓦礫を積み、処分場など指定された場所に持っていく、という単純な内容だった。

特に問題も無さそうなので、平ボディの【ゴーレムトラック】でも十分可能だろう。瓦礫運搬用のカスタムアームでもつければ、更に効率良く運べそうだ。

その他にもやってきた商会は様々あるが、今はまだ様子見の感もある。頼まれた仕事を一つひとつこなしていけば、そのうち信頼も得られるだろう。客からの口コミも期待できる。

ともあれ、まずは幾つかの用途に合わせ、従業員に一人一台くらいの【ゴーレムトラック】は用意するべきだ。

そして毎回の仕事に合わせた機能を【ゴーレムトラック】に追加していけばいい。

ただそうなると、大きな駐車場と【大型プラントゴーレム】が必要だ。

今は防犯も兼ねて、【ゴーレムトラック】は《イア・デパルドス》襲撃時に得た大型の収納系マジックアイテムに入れ、大型ゴーレムは俺が直接造っているが、やはりこれは手間だ。

明日はその辺りを解決しにいこう。

《四十四日目》／《百四■四■目》

本店の店舗内で【小型ゴーレムプラント】が順調に稼働する。

既に数台の【ゴーレムターレ】が完成し、隅の方に整列していた。

それを確認した俺は、早朝から不動産屋に向かった。

以前店舗と民家を契約したのと同じ不動産屋なので、話もさっさと進み、店舗からやや離れた場所にある道路沿いの空き家を一括払いで確保した。

ここは以前から目を付けていた空き家の一つで、元々はどこぞの富豪の別邸だったらしい。しかし事業失敗が続いた富豪の失脚により、借金返済の一環として売りに出されていた。

都市の中心部から少し外れた場所で、高い壁に囲われたそこそこ立派な建物と、それなりに広い庭がある。

多少は手入れされていても少し古びた感じがいなめないが、悪くない物件だった。

部屋の数が多いので社宅としても使えそうだし、【ゴーレムトラック】を造る大型のゴーレムプラントを設置するのにも適している。

それには幾らか改装改築が必要になるので、仕事がない従業員を総動員し、まずは庭を平たく均《なら》して駐車場にしていった。

邪魔な樹木を引っこ抜き、転がっている岩を動かし、水の涸《か》れた噴水なども撤去する。

一人ひとりに重機のような馬力があるので、庭はあっという間にだだっ広い駐車場に変貌した。時間にして二時間も経過していないだろう。

ならついでに、という事で、昼食後には建物内部のリフォームに移行する。

といっても今回は、一階にある大きなダンスホールに【大型ゴーレムプラント】を追加し、出来上がる製品を搬出しやすくする為に壁を壊したり大扉を造ったりしただけだ。

素人が下手に大規模リフォームをすると建物の強度とかが心配になるが、床や壁などもゴーレム化する事で、防犯とか強化とか色々と簡略化できた。

夜には一先ず形にはなった。

まだまだ細かい改善点は残っているが、その辺りは使っている間に変えていけばいい。従業員達が暮らす部屋だって追々充実させる必要があるんだし。

今後の事は肉袋青年とか蟻人少年達に頑張ってもらう事にして、今日は夜空の下でバーベキューを大いに楽しんだ。

新鮮な肉に、新鮮な野菜。多種多様な酒も用意されたバーベキューは非常に楽しく、飲めや歌えやの大騒ぎ。

うーん、やはり酒と肉は美味いもんだ。

俺の出発は明日に決めたので、次に蟻人少年達と一緒に喰うのはしばらく先になるだろう。

《四十五日目》／《百四[redacted]五[redacted]目》

日が昇る前の早朝。まだ少し肌寒さを感じられる、静謐《せいひつ》なその時間。

俺は新しい仕事場兼社宅となった屋敷の駐車場で【ゴーレムクラート】に乗り、蟻人少年や肉袋青年達に見送られながら出発した。

一人旅でも快適なように改造した【ゴーレムクラート】が低いエンジン音を響かせ、軽快に道路を走る。

そしてそのまま何も問題なく《自由商都セクトリアード》の外に出て、しばらく街道を進み、途中からはショートカットすべく広大な草原を駆けた。

街道沿いは比較的安全だったが、草原はそうではなかった。

【ゴーレムクラート】の駆動音を聞いてか、モンスターが襲い掛かってくる。

石を軽く【投擲】するだけで頭蓋に穴が開く狼型モンスターもいれば、【血抜き槍】で貫かれても止まらない象のような大型モンスターもいた。

そんなモンスター達について新しい知識を蓄積しつつ、返り討ちにした死体は【ゴーレムクラート】の側面に備わるゴーレムアームが回収し、そのまま収納系マジックアイテムに保存する。

戦利品の回収の為にわざわざ乗り降りしなくてもよくなったので、効率的に移動し続ける事ができた。

俺が今回目指しているのは、《マドラレン宣教都》である。

街道沿いなら天気に恵まれて約十日、危険だが最短距離を突っ走れる草原経由なら三、四日で到着できる。

《マドラレン宣教都》は、多種多様な宗教が集まる特殊な都市らしい。

実際に【神々】が存在するこの世界でも、信奉する【神】によって信仰の仕方や教義などに微妙な差異がある。

世界を創造したとされ、【神々】の源流とも言える【五大神】を信奉する最大宗教内でも、どの【大神】を頂点に置くかで解釈が異なり、派閥が出来ている。

その他の細々とした【神々】の存在も合わせて考えれば、宗教の数が限りないくらいあるという事は簡単に想像できる。

多彩な宗教があるのはいい。だがそれらの差違は、戦争など色々と問題に繋がる。

また【神々】自体にも敵対関係や協力関係などの背景があるので、些細な問題でも一つ間違えば大きく燃え上がりかねない。

しかし《マドラレン宣教都》では、最低限のルールさえ守れば、どのような信仰も自由に行えるそうだ。

その最低限のルールというのも――

不用意に他の宗教を愚弄《ぐろう》しない。

信仰を他者に強要しない。

暴力で訴えるのならば正規の手順と方法で。

――といった分かりやすいもので、信仰の自由を守りつつ、上手く共存するように出来ているそうだ。

まあ、それでも問題がない訳ではないそうだが、行ってみなければ分からない事もあるだろう。

それはともかく、今日の晩飯は、《雷雨草原》にいた【ゴーレムトラック】に近い大きさの黒い牛型モンスターだ。

バチバチと激しい雷を纏《まと》い、その辺りに出没する他のモンスターと比べると明らかに大きくて強すぎる個体で、周辺の主《ぬし》的な立ち位置だったのかもしれない。

死角から気配を消して近づき、愛用の朱槍で太い首を斬り落としたのだが、首だけになっても最後に特大の雷撃を撒《ま》き散らすくらいには生命力に溢れた化け物であった。

それだけ生命力に満ちた存在の血には、ある種の力が宿るに違いない。何かの役に立ちそうだと思った俺は、傷口から溢れる大量の鮮血を【流体抽出】で複数の樽《たる》に入れていく。

また、帯電する皮や角も剥《は》ぎ取り、残った肉や骨は丸ごと喰う事にした。

熱を持つ鉄板型のマジックアイテムを取り出して、その上で肉を焼く。ジュウウウゥと美味しそうな音と共に、巨大な肉塊の色が瞬《また》く間に変わっていく。

熱の通りがいいらしく、焼けた肉と脂《あぶら》の匂いがまた食欲を刺激した。

その匂いに誘われて夜行性の肉食モンスターが近づいてくるが、それらは【血抜き槍】の【投擲】で頭蓋を貫いた。

それらの死体は自動運転の【ゴーレムクラート】が回収していく。調理しているだけで明日の食材の確保も同時にできるとは、なんと効率がいいのだろうか。

ともあれ、焼き上がった肉を喰ってみる。

黒雷牛の焼肉をひと言で評価するなら、絶品である。

赤身はしっかりとした噛み応えがあり、脂身は口に入れただけで溶けていく。

また、濃厚な魔力を秘めているらしく、心臓や脳などは食べると思わず溜息《ためいき》が漏れるほど美味かった。

まるで金属のように硬い骨は歯ごたえタップリで、いい刺激になった。特に頭蓋骨を噛むと感電したかのようにピリピリとするので、それがまたスパイスとなる。帯電する能力が関係していたのかもしれないが、その実力を見る前に仕留めたので詳細は分からないままだ。

そういった疑問もあるものの、美味さの前には些事《さじ》である。量が量なので少し時間はかかったが、それでも骨まで全て食べ尽くす事ができた。

［能力名【黒雷牛候の雷角《ブルドラーク・トゥルカウ》】のラーニング完了］
［能力名【黒雷牛侯の雷蹄《ブルドラーク・トゥルホフ》】のラーニング完了］
［能力名【雷電闘牛】のラーニング完了］

美味い飯とアビリティのラーニング。それらを同時に得られるとは、最高の晩餐《ばんさん》ではなかろうか。

明日も美味い飯を喰いたいと願いつつ、半球の小さな城塞のように変形した【ゴーレムクラート】の中でぐっすりと眠る。

少し外が騒がしかったが、特に問題なく夜は過ぎていった。

《四十六日目》／《百四[redacted]六[redacted]目》

昨夜は黒雷牛の討伐と調理、加えて食事を行った。そしてそれに誘われて、かなりの量のモンスターが襲い掛かってきた。

その死体の大半は回収したものの、仕留めた時に飛散した肉片や血は僅かに残っていた。

流石にそこまで回収するのは面倒だったので放置したのだが、俺が寝た後にそれを狙ってモンスターがまた集まり、争ったようだ。

寝る前には見られなかった周囲の荒れ具合と、【ゴーレムクラート】の装甲表面にある僅かな傷跡からすると、それなりに激しい争いだったのかもしれない。

まあ、俺には何も影響はなかったのだから、別にいいとして。

昨夜仕留めたモンスター達を使った朝食で腹を膨《ふくら》らまし、今日も軽快に進んでいく。

今日は朝から曇《くも》りで、空気がややジメジメしている。そのうち天気が崩れそうだと思い、【ゴーレムクラート】の一部を変形させて天井を作って走行していると、思った通りひと雨来た。

一定の範囲に空気の壁を作るアビリティ【空壁】を使って、雨が入ってこないようにする。

アビリティを使いながらの走行はやや面倒だったが、雨で道の状況が悪化する前に少しでも先に進みたかった。悪路でも走破可能な性能があるとはいえ、手間は少ない方がいい。

天気には恵まれないながらも、しばらくすると舗装された街道に出た。

方角が分かるアビリティ【方位磁針】と、購入してあった地図を照らし合わせると、無事に目的の街道に到着できた事が分かった。

街道を進んでいくと、周囲は次第に樹木が鬱蒼《うっそう》と生い茂る森へと変わっていく。

巨木やら崖やら起伏の激しい地形やらを避けるように、街道は曲がりくねっているので、速度をやや落とす必要があった。

自然と移動距離は短くなるが、街道の近くには時折山菜の類が自生しており、食材を確保できたのが個人的には良かった。

今日は行商人や巡礼者らしき一団と少しすれ違っただけで、特に問題もなく進む事ができた。

明日には《マドラレン宣教都》に到着できそうだ。

到着したら、まずは【美食の神】や【食材の神】の信者達が営んでいる店が立ち並ぶという《天食の門前通り》で食べ歩きするんだ、と思いつつ、街道の隅で野営した。

《四十七日目》／《百四[redacted]七[redacted]目》

朝から街道を進む事しばし。

昼前には無事に《マドラレン宣教都》に到着する事ができた。

《マドラレン宣教都》は、山の中腹を水平に切ったような場所にある都市だった。

他の都市と同じく外敵に備えた立派な壁で覆われているものの、光沢のある黒い樹木で構成された部分もあれば、無数の棘《とげ》が生えた岩石が使われた部分、大小様々な無数の骨が使われた部分、スライムのような何かが使われた部分などの差違がある。

これも様々な【信仰】の発露なのだろうか。

ともあれ近づくと、特に検問はなく、誰でも簡単に中に入れるようだ。

ただ、門の近くには戦闘に関する【神々】の信者達が暮らしているようで、武装した筋骨隆々の男女を多く見かける。

鍛錬のかけ声も聞こえてきて、これが外敵に対する備えになっているようだ。

少し中を観光してみたところ、物の作りから行き交う人々の服装も人種も統一感皆無で、見ていて色々と面白い。少し道が違うだけで、全く違う都市に来たような錯覚すら覚える。気軽に世界の都市を旅したような雰囲気を味わえるだろう。

帰る時にはここで蟻人少年達に何か土産《みやげ》でも買ってやろうと思いつつ、まずは《天食の門前通り》に向かうのだった。

《四十八日目》／《百四■八■目》

《天食の門前通り》には数多くの料理店が密集している。

世界中の料理――普通の料理からゲテモノ料理まで幅広く――が揃い、《マドラレン宣教都》の【信者】達の胃袋を支えていると言っても過言ではないここは、当然のように繁盛していた。

通りには食欲をそそる匂いが満ち、大声で客を呼ぶ店員、列をなして順番を待つ客で溢れている。

俺は匂いに誘われるまま一軒ずつ回りながら、全ての料理を注文しては喰い続けていった。

料理は実に様々だが、幾つか例を出すと――

〝ゲ・レオン〟――丸々と太った青緑色のカエルを使った料理。毒のある皮を剥ぎ、内臓を抜いて中に香草と希釈した皮の毒を混ぜた具を詰めて焼く。僅かに残る毒で多少舌がピリリと痺《しび》れるが、カエル肉のサッパリとした味と豊潤《ほうじゅん》な香りが楽しめる。

〝ナゴレマー〟――甘口の醤油《しょうゆ》のような調味料に漬け込んだ鶏肉を、串で刺して蒸した料理。鶏肉が特殊なのか、調味料がいいのか、ともかく酒のツマミに最適で、何本も喰える美味しさがある。

〝ナポレイアの火卵《ひたまご》〟――掌《てのひら》ほどの大きさがある魔蟲の卵を使った料理。柔らかい殻《から》に注入器を刺し、様々な食材をブレンドした赤い液体を流し入れて一度冷やしたもので、噛み砕くと口内を蹂《じゅう》躙《りん》するような激辛《げきから》が楽しめる。

〝ザブザブ〟――魚介と虫と野菜を使った料理。ブイヤベースに似ているが、それに丸々と太った芋虫などが追加されている。芋虫はエビのような見た目なのでゲテモノ感は弱く、クリーミーで濃厚な味がした。

〝グレートメッシュ〟――多種多彩な新鮮野菜で作られる料理。緑色や黄色や赤色などカラフルに彩られ、やや酸味のあるドレッシングがかけられている。新鮮な野菜の旨味を楽しみたい時は最適だろう。

〝プリ＝オププ・プ〟――モンスターの頭蓋骨を器にして脳味噌を楽しむ料理。頭蓋骨の一部を切り開き、調味料を入れて焼いた見た目のインパクトは大きい。実際に喰ってみると意外と美味い。

〝仙泉山《センスイザン》の精進料理〟――薬草などを使った精進料理。秘境にしか自生しない希少な食材のみで作られ、修行しながら喰えば【仙人】へ至れるとかどうとか。味はあまりよくないが、身体に満ちる魔力や生命力の向上は素晴らしい。ただし超高額で、食材も無い場合が多いので、喰えたのは運が良かった。

――などがあり、その他にも様々な料理を喰った。

どれも全て美味しく食べる事ができ、休まずに何軒も制覇していったからか、俺はいつの間にか【大食い王】などと言われ始めていた。

遠巻きに見学するギャラリーも増えてきたが、それでも気にせず喰い続けていると、大食いメニューのある店を紹介された。

数十人分の料理を時間内に食べられれば無料、というやつだ。

もちろん、挑戦していく。

美味しい料理を楽しむのは趣味だが、今は喰う事そのものにも意味がある。

現在、俺の怪我の治療や再生には、アビリティとナノマシンの二つが主に働いている。

かつてはそこに改造手術による肉体強化が加わったのだが、今は手術の効果が残っているか分からない。ナノマシンの方は再生産したので確実に存在している。

ともかく、アビリティとナノマシンが生命力の重要な要素であるのは違いないのだが、無から有を作る事は難しい。

できなくはないが、効率は非常に悪い。

だから材料を取り込む為、俺は大量に喰う事を選んだ訳だ。

大量の栄養やカロリーを摂取し、過剰分を【エネルギー貯蔵】や【カロリーチャージ】などといったアビリティとナノマシンで貯め込み、何かあった時の材料にする。

別に無機物からでも材料は確保できるが、手っ取り早くエネルギーを蓄えるのなら、料理を喰う方が手間が少ない。

それに、どうせ喰うなら美味い方がいいに決まっている。

そんな訳で昨日から喰い続けている訳だが、大食いメニューのある店を三十軒ほど制覇したところで、一度止める事にした。

エネルギーは十分すぎるほど確保できたので、そろそろ次に移る必要があったからだ。

大食いの途中で仲良くなった、ふくよかな体型の男性信者に案内してもらい、【情報の神】の信者が経営する神殿で情報を買う。

大食いメニューは一定時間以内に完食する事で無料になる。そのおかげで資金は予定よりもかなり余裕が生まれたので、今の目標である古代爆雷制調天帝〝アストラキウム〟の能力や行動パターン、その周辺情報を少しでも多く買い漁った。

ただ期待に反し、分かった事はとても少なかった。

古代爆雷制調天帝〝アストラキウム〟は【聖地】指定された銀の巨塔《天秤の調和塔《アドラム・ベルフーカ》》——略して天秤塔——の頂上に存在する、と言われている。

とある壁画にそれらしき存在が描かれているが、実際に挑戦して生還した者がいないので、姿形も分からない。

もちろん能力なども一切不明。ただし名称から、爆裂や雷撃などの使用が予想できる。飛行能力もあるかもしれない。

また、天秤塔そのものがかなりの危険地帯らしく、無数の高レベルダンジョンモンスターの巣窟だそうだ。

【聖地】となるに相応しい難所であり、信者達はそこに挑み、一定時間を過ごし、生還する事で階梯《かいてい》を引き上げる――【宗教】内の地位向上から存在としての格を上げるなど、意味は多岐に及ぶ――とかなんとか。

分かった事は少ないが、それでも居場所が分かったなら自分の目で見ればいいだけだ。

今後の方針も決まったので、装備品などに良いのがないか見て回る事にした。

【信者】達が【信仰】を捧げる為に作った品々だ。その分魂《たましい》を込めたような傑作も多いので、より良い武具を得るのに絶好の機会だった。

《四十九日目》／《百四■九■目》

何点か良い武具があったので、装備を変更した。

一定時間自分の幻を少し離れた場所に投影する【幻影の指輪】、爆音など一定以上の音量を軽減する【吸音のイヤーカフス】。

一定以上の光量を遮《さえぎ》り視界を守る【護光のアミュレット】、受けた雷撃をある程度吸収し魔力に変換する【吸雷魔換のネックレス】。

といった感じで、〝アストラキウム〟が持つだろう能力への対策装備だ。

もちろん他の能力も使ってくる可能性は十分にあるので、毒や麻痺などに効果があるマジックアイテムも用意した。

既に持っている系統のマジックアイテムも、より高性能な品を買い揃えた。その方が安心できるし、もし今回は使わなかったとしてもいつか役に立つだろう。

そんな感じで準備もちゃんと出来たので、朝飯を喰ってから《マドラレン宣教都》の外に出て、《天秤の調和塔《アドラム・ベルフーカ》》に向かった。

今日は近くまで移動し、一夜野営して明日から挑戦する事になる。

天秤塔にいるというダンジョンモンスターは、いったいどんな味なのだろうか。

《五十日目》／《百五■■目》

《天秤の調和塔《アドラム・ベルフーカ》》は、優に五百メートルを超える高さがある、左右に巨大な秤《はかり》が存在する天秤のような形状をしていた。

朝日に照らされて銀色に輝く様は神々しくすらあり、その姿に向けて礼拝している【信者】の姿も塔の近くに確認できた。

しかし入り口は、そんなツルリと凹凸《おうとつ》一つ無い銀の表面からすれば異色となる黒。渦を巻くように流動するそこを通れば、中に入る事ができるらしい。

入り口を通り抜けた後、外とは明確に空気が違う事を実感する。

中はまるで宮殿の廊下のようだ。厳《おごそ》かな壁の装飾、高い天井。床は赤い絨毯《じゅうたん》が敷き詰められ、心地いい静謐が満ちる。

空気は清浄で、濃密な魔力が空気中に含まれている。ひと呼吸するだけでそれがハッキリと感じられた。

見て回るだけでも十分楽しめるので、まるで観光名所に来たような感覚になるが、ここは危険地帯だと意識を引き締める。

片手に朱槍を、片手にマジックライフルを構え、罠や襲撃を警戒しながら進んでいく。

足音がしないように気をつけ、気配を周囲と同化させつつ進んでいくと、早速ダンジョンモンスターの気配を捉えた。

一先ず物陰に隠れ、観察する。

現れたダンジョンモンスターは、白く大きな翼が背中から生えた、三体の天使の騎士達だった。

天騎士達の足は床から十数センチほど離れており、浮遊しながら歩くような速度で移動していた。

総じて身の丈は二メートルほどと大柄ながら、体形からして二体は雄《おす》、一体は雌《めす》だろうか。

分厚く重そうな銀色の全身鎧を身に纏い、長剣を腰に下げている。それから、前を歩く二体の雄型天騎士は手には短槍を持っているので前衛向き、その後ろに位置取る雌型天騎士だけは短杖を持っているので後衛向きか。

そんな三体の天騎士達は周囲を警戒しながら移動しているので、俺はその進路に先回りして高い天井に張り付いて身を隠す。

しばらくして、時は来た。

天井から落下し、その勢いのまま、まずは後方にいた雌型天騎士を朱槍で突き刺す。朱槍は頭部全体を覆うヘルムを容易く穿《うが》ち、頭蓋を通って胴体まで突き抜ける。

朱槍の穂先《ほさき》は床まで達し、串刺しになった雌型天騎士はまるで歪《いびつ》な標本のようだ。

それをゆっくり眺めるより前に、異常を感じて瞬時に振り返った雄型天騎士達の顔面を、マジックライフルで銃撃する。

それぞれに五連射。ほぼ同時に着弾したが、残念ながら全てヘルムによって弾かれた。

魔弾が通じない程度にはヘルムは頑丈らしく、致命的なはずの銃撃は頭を反《そ》らせ、僅かな隙《すき》を作るに終わる。

ただその僅かな時間があれば俺には十分で、一足で距離を詰め、前腕に隠してあった金属杭を両手に掴み、【電磁加速】させながら、二体の雄型天騎士達の首元に出来た僅かな隙間に叩き込む。

鎧の下にも鎖帷子《くさりかたびら》のような防護服を着ていたのだろう。硬い感触はありつつも、金属杭は生身にまで到達し、耐えかねて首が千切《ちぎ》れ飛ぶ。

白い肉が鎧の間から晒《さら》され、噴出するのは青い鮮血。天使の身体は色からして人間とは勝手が違うらしい。

そんな事を思ったのが意識の隙だった。確実な止《とど》めを刺さなかった俺の落ち度だ。

頭部が吹き飛んだ雄型天騎士達の胴体は倒れる事なく踏み留まり、傷口から泡立つように肉が再生していく。

瞬く間に再生した頭部には当然ヘルムはなく、石像のように整った青年の顔が出来上がる。どちらも息を呑むほどの美貌《びぼう》で、その青い双眸が明確な敵意を持って俺を睨《にら》む。

それを見ながら、再びマジックライフルによる銃撃を頭部に叩き込む。今度は弾かれる事なく眼球や頭蓋を弾き飛ばし、白い肉片と青い鮮血が周囲に散った。

それでもまだ完全に死んでいないのだろう、胴体は再び踏み留まる。

また復活されても面倒なので、一先ず機械腕で二体の雄型天騎士の胸部を抉《えぐ》り、力強く拍動する心臓を掴む。

必死に抵抗される前に引き抜くと、そこでようやく力尽きてゆっくりと倒れていった。

どうやら確実に仕留めるには、頭を潰した後に心臓を破壊するのが良さそうだ。

その確認も兼ねて、標本状態となっていた雌型天騎士から朱槍を引き抜く際に心臓を抉ったところ、再生はせずにそのまま仕留める事ができた。

やはり、天騎士を仕留めるなら、頭より心臓を壊す方が良さそうだ。

ここでの最初の狩りには、思いのほか時間がかかってしまった。

不意を打ったのでそれでも短い方だったのかもしれないが、先はまだまだ長い。油断せず、確実に進んでいく事にしよう。

ただ、今は天騎士達の味見が優先か。

新調した解体包丁――鮮度を長く保つ優れ物――を取り出し、天騎士達を捌《さば》いていく。

見たところ、背中の翼以外はヒトと大差ない構造らしい。

ただ内臓が多かったり、筋肉は白く血液は青、骨は黄金に輝き、宝石のような結晶が脳と心臓にあったりと差違はある。

脳と心臓が急所かと思ったが、そこを潰した後も動く事があるので、もしかしたらこの宝石こそが真の急所なのかもしれない。その辺りは、また実験あるのみだ。

その他、毒が効くのか、身体能力はどの程度なのか、連携はどれほどなのか、上位種はいるのか、などを調べる必要がある。

やる事は多いが、しかし色々と面白そうでもあった。

解体後はもちろん全身残さず喰った。個人的には、飛行の為か発達した胸筋と背筋、それから宝石のような結晶が特に美味かったと記しておこう。

よく鍛えられた肉は、豊富な魔力を秘めていた。

それと宝石結晶の中にはドロリとした液体が入っていて、口内で溢れたそれは肉汁のような旨味の爆発を伴った。

他の部位よりも明らかに味が濃く、喰った瞬間に全身に漲る力強さが癖《くせ》になる。

この世界では強い個体ほど旨くなるらしいので、天騎士達の頂点に君臨する〝アストラキウム〟にはかなり期待してもいいのではないだろうか。

今日一日は寄り道しながらとはいえ、ひたすら登り続ける事になりそうだが、楽しみも出来た事だし、張り切っていくとしようか。

《五十一日目》／《百五■一■目》

昨日は、《天秤の調和塔《アドラム・ベルフーカ》》の七階と八階を繋ぐ安全地帯の階段で一夜を過ごした。

遅くまで攻略を続けたので寝れたのは二時間程度だが、短時間の睡眠で熟睡したのと同じ効果を得られるアビリティ【急速睡眠】により、体調は万全だ。

ついでに、その日体験した事を就寝中に効率良く学習できる【高効率睡眠学習】も使ったので、天騎士に対する理解度と熟練度はより上昇した。

上の階に行くほど天騎士達は強くなっていくが、それが天騎士という枠から大きく逸脱しない限りは十分に順応していけるだろう。

そんなこんなで快適に目が覚めると、簡単な運動で身体をほぐし、身体を温める。

準備を終えると、腐るほどある天騎士の宝石結晶を朝食として囓《かじ》り、今日も先へと進むべく八階の攻略を開始した。

天秤塔の攻略は順調に進んでいる。

その理由は幾つかあった。一つは、基本的に通路とそれに接続する大部屋で構成された、マス目のようにシンプルな内部構造だ。

通路を進めばやがて大部屋が現れ、大部屋は四方に繋がる通路がある。端《はし》の部屋なら通路は三方向か二方向になり、簡易的な地図を作りやすくて迷いにくい。

また通路にも部屋にも謎解きギミックや罠などといった要素は見当たらず、通路を巡回する天騎士にさえ注意しておけば危険も無い。

階段は必ず大部屋の中にあるので、そこにいる天騎士は必ず殲滅する必要がある。しかし通路では豪奢《ごうしゃ》な内装によって隠れられる為、積極的に戦闘を繰り返さなくても進む事が可能だ。

次の理由は、今回の攻略方針だ。

今は、上階に繋がる階段が見つかり次第さっさと上っていくという、攻略速度重視の進み方をしている。

個人的には本来、どの階も隅から隅まで探索し、内部構造を完璧に調べてから次に進みたい。そうすれば見落としを防げるし、いざという時に逃げ道で迷わなくてもいい。それに、貴重で高価なマジックアイテムや財宝を得られる宝箱を見つけるなんて幸運もあるかもしれない。

ただ、今回は最上階にいる古代爆雷制調天帝〝アストラキウム〟を最重要目標に据えているので、寄り道は極力避けていた。

だからこれまでの階では未踏破な場所も多く、心残りな部分はある。いずれは完璧に仕上げたいが、今はその時では無い。

そして最も大きな理由は、今のところ出現するダンジョンモンスターが天騎士一種しかいない事にあるだろう。

天騎士は強い。

背中の翼を使った飛行能力により機動性は高く、天井が高いここでは三次元的に攻めてくる。

装備している生体防具は堅牢で、俊敏に動き膂力も強く、手にする生体武器を扱う技量も非常に高い。

また、脳と心臓にある宝石結晶を摘出しない限り、四肢欠損や胴体断裂があったとしても戦線に復帰する再生能力の高さも忘れてはならない。

それに常に複数が行動を共にし、それぞれが役割を分担する高度な連携を行ってくるのは、単純に脅威だ。

結論として、天騎士は全体的に高い性能で纏まっている。

だが、それだけに個体差もそこまで大きくない。

平均的にどれも強く、どれも似通っている。分担する役割によって多少の得手不得手はあるが、ある程度は同じ事ができる性能を持つ。

数は多いので、兵隊として見れば優秀だが、多様性はあまり無いと言えるだろう。

だからこそ、慣れてしまえばそこまで恐ろしい存在ではなくなった。

そして、ここに来るまでに俺が倒した天騎士の数は四百を超える。それだけ倒せば、嫌でも慣れる。

戦った中で最も優れた性能の天騎士を想定して戦えば、不意を突かれる事も少ない。

そういう訳で、討伐を重ねるにつれて俺の動きは効率化され、戦闘に必要な時間は短くなる。

慣れて余裕が出来れば、天騎士には毒が有効か、再生能力の速度と限界、技量や精神力の揺らぎの有無、そういった気になっていた点の調査に力をさく余裕も生まれる。

そして既に天騎士という存在の見極めは終わり、ただの獲物となっている。

短時間で効率的に獲物を狩りつつ歩き回り、見つけた階段を上っていく。

そうして朝から攻略を開始して一時間とせずに九階に進み、昼には十階に到着した。

階を重ねるにつれて、天騎士の強さが徐々に上がっているのを実感できる。

こちらの隠密行動を感じとる鋭敏な感覚。移動速度や膂力。分厚い防具と漲る魔力。自然で高度な連携。使用する魔法の威力の向上。そうした部分の変化が如実に感じられた。

ただし、宝石結晶の味が濃く美味くなる事が、最も実感できる部分ではあるのだが。

ともあれ、それでもやる事は何も変わらない。

休憩を挟みつつ先に進み、そして俺は十階の最奥まで到着した。

最奥は、まるで何処かの神殿の荘厳な礼拝堂を彷彿《ほうふつ》させる内装の大部屋だった。

見上げねばならないほど高い天井。光を反射して美しく輝くステンドグラス。壁面には神話の一瞬を描いたような壁画があり、清浄な空気が満ちている。

中でも目を惹くのは、中心にある祭壇だった。

祭壇は白い石材で作られ、金と銀で翼のような装飾が細部に至るまで施されている。

その祭壇の上には青と赤に輝く宝石結晶が浮かび、これまでとは何かが違う事がひと目で分かった。

警戒しながらゆっくりと近づいていくと、ある程度の距離まで来た時に変化が起きた。

祭壇上の宝石結晶から、目も眩《くら》むような光が放たれたのだ。

【遮光】によってある程度遮断していなければ、少しの間目が見えなくなっていてもおかしくはないほどの強烈な光量だった。

目を逸らさず薄目で警戒していると、光はゆっくりと弱まっていった。

そして光が完全に収まった時、祭壇の上には一体の天騎士がいた。

もちろん、普通の天騎士ではない。

身の丈は四メートルを超え、通常の二倍以上もあるだろう。身に纏う鎧もまた分厚く巨大である。

右手には薄《うっす》らと光を宿す大剣を握り、左手には城壁のような大盾を持つ。

背中に生えた翼は、右が青く、左が赤く輝き、その動きに合わせて氷と炎が渦《うず》を巻いている。

全身が鎧で覆われているので生身の部分はほとんど見えないが、ヘルムの隙間から覗く金色の双眸が冷徹にこちらを見つめていた。

その姿を見て、俺は懐から【知識者の簡易鑑定眼鏡】というマジックアイテムを取り出して顔につけた。

【知識者の簡易鑑定眼鏡】は、装着して見た対象の名前と能力の一つが分かるという鑑定系マジックアイテムである。

この世界に関してはまだまだ分からない事が多い現状、得られる情報が段違いに跳ね上がるコイツがとても有用なのは間違いない。道中で見つけた宝箱の中身についても、これのお陰で助かっている。

注意点として、能力は一つしか見えない為、不利益な【呪詛】などがついていても見逃してしまう事がある。なので、本格的な【鑑定】は専門業者に任せた方がいい。

ともあれ、【知識者の簡易鑑定眼鏡】によって、現れたコイツが〝白鋼の大天使《ジルバトロ・アークエンジェル》・グラキエル〟という名を持ち、【天秤審問】という能力があると分かった。

そして〝白鋼の大天使・グラキエル〟と言えば、この迷宮に二体いる貴重な階層ボスの片割れだと事前に判明している。

階層ボスとは、門番の役割を持つ、強力で特別なモンスターの事である。

その強さは他のダンジョンモンスターとは一線を画《かく》すらしいが、外見からして〝白鋼の大天使・グラキエル〟は天騎士の上位種を更に強化した存在なのだろう。

大雑把に敵戦力を計算しつつ、俺は【知識者の簡易鑑定眼鏡】を外して大切に保管し、そして食欲を滾《たぎ》らせながら朱槍を構えた。

天騎士よりも遥かに美味いだろう存在を前に、臆《おく》する事などありえない。自然と笑みが浮かぶのも仕方ないのではなかろうか。

そして戦意を漲らせる俺と対峙したグラキエルは悠然と翼を広げ、周囲に高密度の魔力を放出した。

まるで突風のようなそれを全身で受け止めながら、俺は力強く床を蹴って前に出る。

そうして、階層ボスとの初めての戦闘が開始した。

◆◆◆

それから一時間ほどが経過して、大天騎士・グラキエルは無残な有様で礼拝堂の床に転がっていた。

四肢はなく、翼も失い、腹部からは臓物がはみ出して床に広がっている。絶命間違いなしの状態だが未だ死んではおらず、何とか動こうとするので踏み付けて押さえつけている。

大天騎士は確かに強かった。

身に纏う生体防具は硬く、再生力も凄まじく、俊敏に空を舞い、広範囲を薙ぎ払う氷炎の嵐を繰り出してきた。

多少の苦戦はしつつも、所詮は天騎士の能力をより強化し、幾つか独特な攻撃手段を持つ程度だったので何とかなった。

幾度も身体を削ったので再生力は既に目に見えて鈍《にぶ》くなっているが、何か反撃があっても面倒なので、頭部と心臓の宝石結晶を取り出して止めを刺した。

［階層ボス〝白鋼の大天使・グラキエル〟の討伐に成功しました］
［達成者は上層への移動が認められ、以後階層ボス〝白鋼の大天使・グラキエル〟と戦闘するか否かは選択できるようになりました］
［達成者には初回討伐ボーナスとして宝箱【大天使の聖剣】が贈られました］

仕留めた途端、脳内に響いた声に驚いた。

まあ、不可思議な事もあるもんだと勝手に納得したが、やはりこの世界についてまだまだ分からない点は多い。

ともあれ、床から滲《にじ》み出るように出現した宝箱を開けてみる。

中にあったのは、中身が入った瓶や何かの金属のインゴットが幾つか、それから大天騎士を彷彿させる翼の生えた白い全身鎧に、まるで聖剣とでもいうかのように神聖な雰囲気を持つ大剣【破邪の翼晶剣】だった。

大剣の長さは二メートルはあるだろうか。これだけあると鞘《さや》から抜くのにもひと苦労しそうなものだが、そういうマジックアイテムなのか、抜こうと思うだけで鞘が自動的に開いた。それに重そうな見た目に反して軽い。

そして露わになった大剣の刀身は、赤く燃えるような芯を青い氷のような結晶が覆うという美しいものだった。

適当に型を行って感触を確かめると、中々に良い剣らしく、早く先に進んで試し斬りがしてみたくなる。

とりあえずその前に少し休む事にして、新鮮なうちに〝白鋼の大天使・グラキエル〟を喰っていく。

［能力名【白鋼の天翼】のラーニング完了］
［能力名【白の門番】のラーニング完了］
［能力名【氷炎の翼理】のラーニング完了］

〝白鋼の大天使・グラキエル〟は非常に美味だった。

肉は鍛え抜かれていて食べ応えがあり、血液は魔力を豊富に含み、氷と炎を纏っていた翼は刺激的かつ濃厚な味で、宝石結晶は恍惚《こうこつ》とするくらい美味かった。

それに加え、ラーニングまでできたのは運が良かったと言えるだろう。

休息を終えた後は、大部屋の奥にあった階段を上って十一階に足を踏み入れた。

どうやらここから様式が変わるらしく、これまでの宮殿や神殿のようだった内装とは一変し、まるで地獄を思わせる入り組んだ通路が続いていた。

苦悶に満ちた表情の無数のヒトが折り重なったように見える柱が連なり、肉で出来ているような壁はまるで生きているかの如く拍動し、血管のように複雑に入り組んだ通路は先がよく見通せない。

明かりは鉄の鳥籠《とりかご》に入れられた青く妖しく燃える頭蓋骨で、光量は乏《とぼ》しい為に常に薄暗く、あちらこちらに闇が広がっている。

血や臓物の臭いが濃く漂い、嗅覚は上手く働かない。遠くから怨嗟の籠もる断末魔や悲鳴がかなりの頻度で聞こえてくるので、小さな物音を聞き逃す可能性は高いだろう。

空気が濃密な魔力を含んでいる事だけはこれまでと変わりないが、それ以外の全ての性質がこれまでとは正反対だった。

先に何が待ち受けているのか気になる。今日もまた、夜遅くまで進む事になるだろう。

《五十二日目》／《百五■二■目》

現在地は十五階。

昨晩も安全地帯の階段で一夜を過ごしたが、朝食はこれまでとは違い、多種多彩なダンジョンモンスターを食材として使う事ができた。

天騎士だけがいた十階までとは異なり、十一階からは様々な種類のダンジョンモンスターが出現するようになったのだ。

【知識者の簡易鑑定眼鏡】はこういった時に役立つもので、それらの一部を抜粋してみる事にしよう。

全身が黒い猫のような外見で、目は赤く輝き、口から紫炎を吐いてくるのと俊敏な動きが厄介な〝ヘルヴィンニク〟。

赤黒い肌に太い血管が異様なほど浮き出た筋骨隆々の巨躯で、血の滴《したた》る巨大な戦斧を担ぐ、凄まじい形相の〝牛頭悪鬼《デーモン・ミノタウロス》〟。

無数の頭蓋骨を繋げたような大蛇のような胴体を持ち、無数の腕の骨で作られた頭部は触手のようにも見える〝スカルディアンド・パイソン〟。

一見するとただの壁だが、本来の通路を隠して迷わせ、隠された口から不意打ちで燃える油を吐き出す〝ダンジョンウォール・デーモン〟。

グチャグチャゴロゴロと気持ちの悪い騒音を轟かせながら通路を巡回し、敵味方関係なく轢殺して押している肉玉の材料にする〝ミートロード・デーモンスカラベ〟。

――といった感じだ。

内装に見合ったおどろおどろしい外見や性質のダンジョンモンスターが溢れ、難度は高い。

個々で見れば、天騎士の方が色々な面で勝るだろう。

しかしこいつらはそれぞれの長所を遺憾なく発揮するし、大抵は徒党を組んでいる。更に奇襲や挟み撃ちも当たり前なので、攻略には慎重さが求められた。

それに、複雑に入り組んだ通路が攻略難度を上げていて、思うように進めなかった。

まあ、焦らず行こう。

今日は二十階に繋がる階段の前まで進み、そこで休む事にした。

晩飯は、デーモン・ミノタウロスの引き締まった赤身の焼き肉。

スカルディアンド・パイソンの骨と天騎士の翼で出汁《だし》をとったスープ。

ダンジョンウォール・デーモンの口から出たオリーブ油のようなデモンウォール油で揚げた、ひと口サイズのミートロード・デーモンスカラベの肉玉。

そして数百体のヘルヴィンニクを討伐して大量に得られた、甘口の迷宮酒【幻炎猫の尾酒】。

その他にも大量の料理が並ぶ光景を見て、俺は思う。

食材の豊富さは、人生を豊かにする最高のスパイスではなかろうか。

《五十三日目》／《百五■三■目》

今日も元気に早朝から攻略を開始した。

出現するダンジョンモンスターにも慣れてきて、それぞれの弱点も幾つか分かってきた。

しかし、複雑な内部構造が相変わらず行く手を阻む。

血管のように複雑な通路は階が上がるほど広く複雑になり、階段を見つけるのが困難になっていく。

また、一度に遭遇するダンジョンモンスターの数も増え、不意打ちされないようにより一層気をつける必要がある。

全部を地図化しようと思うと多大な手間になるだろうと確信しつつ、暗闇から音も無く飛び出してきた大型の狼〝シャドーヘル・デッドウルフ〟の額をマジックライフルで撃ち抜く。

魔力操作の慣れにより威力が向上した魔弾は、頑丈な毛を貫き、分厚い頭蓋を砕いて脳をかき混ぜる。

そのまま突進の勢いの慣性でしばらく地面を転がって近づいてくるが、ほぼ即死で仕留める事ができた。

しかしそこで銃口を下げず、更に銃撃を重ねる。襲撃してきたのは一頭だけではないからだ。

次から次へと新しいデッドウルフが飛び出し、床に転がる同胞の死体を飛び越え、俺の首を噛み砕こうと迫ってくる。

初見なら、その勢いと数に動揺した隙に距離を詰められる事もあるかもしれない。

だが、少なくとも数十頭で行動すると事前に知っていれば、冷静に対処できる。

今回の群れは通常よりも数が多く、その数は五十に届いた。マジックライフルの処理能力を超えたので、朱槍を使う。

朱槍の斬れ味は凄まじく、しかも使うほど手に馴染む。いや、馴染むというより、思い出すと表現した方が適切かもしれない。

最近は、断片的で僅かではあるものの、記憶が段々と戻ってきている。この朱槍について知る事ができれば、もっと重要な事が分かるのではないだろうか。

【知識者の簡易鑑定眼鏡】でも名前すら見られない朱槍は、本当に何なのだろうか。

ともあれ、ひと通り討伐した後、回収できる死体は回収し、回収が間に合わずに消えた死体の代わりに現れた牙や毛皮などのドロップアイテムも集めていく。

コリコリとした食感が楽しめる牙を囓りながら進む事しばし、ようやく二十階の最深部に到着した。

そこは、脈動する血管のようなものが張り巡らされた、赤黒い壁が四方を囲う大部屋だった。なんとなく巨大生物の内臓を連想させる。

遮蔽物は一切なく、とても見通しがいい。

そんな大部屋の中央にて、静かに佇んでいる巨躯の異形な狼人が階層ボスなのであろう事は、見ただけで分かった。

【知識者の簡易鑑定眼鏡】によって判明した名称は〝サーベラス・ウールブヘル〟、保有する能力の一つは【三頭の命灯】。

簡潔に表現するなら、神話に出てくる三つ首の番犬ケルベロスをヒト型にした姿である。

ハイイロオオカミに似た凛々《りり》しく精悍な造形である三つの狼頭が横に並び、六つの瞳でこちらを観察している。

身の丈は見上げるほど高く、五メートルはあるだろうか。その巨躯を支える筋骨は太くしなやかで、頑強に違いない。

金属のような光沢がある灰褐色の体毛に全身を包まれており、ダラリと下げられた腕は異様に長く、指先には鋭利なナイフに似た鉤爪がある。

重心のバランスをとるのに役立つであろう大きな尻尾には、体毛に紛れて鋭利な緑色の棘が視認でき、打撃力に加えて斬撃力まで持つ立派な武器に違いない。

三つの口からは吐息《といき》と共に紫色の炎が吹きこぼれ、その中で白く太く大きな牙が揺らめいている。

明らかに、これまでの敵とは一線を画す存在感だ。

そして俺が近づいていくと、異形の狼人サーベラスによる三重の咆哮を合図に、戦闘が開始した。

咆哮だけで床には亀裂が走り、空気を消し飛ばすような音の波が俺の全身を撫《な》でる。

魔力の籠ったそれを受け止めながら、俺はマジックライフルの銃口を真ん中の狼頭に向け、引き金を絞った。

◆◆◆

そうして戦闘開始から二時間ほどが過ぎた今、サーベラスは朱槍に腹を貫かれて床に貼り付けにされている。

サーベラスは、速く動き、力強い攻撃を繰り出し、半端な攻撃は弾く硬さを持ち、三つの口から火を噴いたり咆哮でこちらの【硬直】を狙ったりと、単純に強かった。

ただし、それだけならもう少し簡単に終わっただろう。

速く動くなら、地面に滑《すべ》りやすくする【潤滑油】やよく張り付く【接着剤】などを散布し、動き難くしてやればいい。

力で攻めてくるなら、攻撃の軌道を見極め、カウンターで逆に威力を強めて跳ね返せばいい。

硬いなら、同じ箇所に攻撃を重ねたり、【王水】で溶かしたり【超振動】で内臓破壊を狙ったりと、変則的な手法を用いればいい。

特殊な能力を使うなら、それに合ったアビリティで対応すればいい。

しかし、サーベラスは面倒な能力を持っていた。

それが【三頭の命灯】だ。

この能力を簡単に説明すると、いわば命のストックである。穴だらけのボロ雑巾状態になっても、二度まではひと呼吸の間に完全回復し、更に致命傷となった攻撃に対して高い耐性を獲得する。

つまり、サーベラスを完全に仕留めるには三回殺す必要があった。

殺す度に頭の一つが動かなくなり、炎や咆哮の使用頻度も威力も下がるのだが、それと引き換えに身体能力や回復力は向上し、理性を失っていく。

二回復活した後には、まるで自身の生死に頓着せず敵を殺そうとするバーサーカーのように暴れ回った。

殺す度に死に難くなり、理性なく暴れ回るサーベラスは、どうしても相手をするのに時間がかかる難敵だった。

マジックライフルの魔弾は一度目に殺した段階で完全に無効化され、牽制にも使えなくなった。加えて死ぬたびに打撃にも強くなり、アビリティを使った炎や雷などの攻撃も効きが悪くなっていった。

だが朱槍に関しては最後まで抵抗すら許さず斬る事ができたので、苦戦はしつつも多少の損害だけで勝利できたのだった。

［階層ボス〝サーベラス・ウールブヘル〟の討伐に成功しました］
［達成者は上層への移動が認められ、以後階層ボス〝サーベラス・ウールブヘル〟と戦闘するか否かは選択できるようになりました］
［達成者には初回討伐ボーナスとして宝箱【三頭狼の毛皮】が贈られました］

そして出現した宝箱の中身を確認する。

入っていたのは、まず金銀財宝。それから中身が入った幾つかの魔法薬瓶、美しく頑丈な銀の紐《ひも》、赤い革を黒い金属で補強した首輪、そして灰褐色の毛皮の外套である。

この中で最も良い品は、灰褐色の毛皮の外套だ。名称は【狼狂兵の毛皮】と言い、羽織ると【狂狼獣化】という、誰でも狼系獣人に変化できてその優れた身体能力を得られる能力が使える。

ただしこれは、時間経過と共に理性が低下し、最終的には敵味方の区別もできずに死ぬまで暴れ回る狂戦士に成り果ててしまう危険物でもある。

脱げば元に戻るそうだが、そこまで至れば自分で脱ごうとは思えないだろうし、他人が脱がすのも大変だ。

メリットはあるがデメリットが大きく、ただの使えない装備かとも思ったが、そこで同時に得た首輪と紐の出番らしい。

誰かを変化させて、首輪と紐を繋げる。すると飼い主と飼い犬のように、ある程度動きをコントロールできるようだ。

まあ、ソロ攻略中の俺にはそんな相手はいない訳で。

使うか使わないかしばらく考え、とりあえず使ってみる事にした。

これまでの戦闘で、流石に装備も無傷ではなく、防具は破損が目立っていた。

まだ使えるとはいえ、補修が必要な段階にある。そこにきてこの外套の丈夫さはかなりのもので、単純な防具として見ても悪くない。

それに、ある意味で呪われた装備みたいなものだが、幾つかのアビリティを使えば理性の欠落を回避できそうだというのも、そうする事に決めた大きな要因だった。

羽織ってみると着心地もよく、思ったより柔らかい。それでいて頑丈なのか、機械腕で軽く引っ張ってみても問題ない。

能力を使った時はどうなるか確かめる必要はあるが、それをするのはまだ少し後だ。

そうして、その他に得たマジックアイテムも確認しつつ、サーベラスの死体を喰った。

サーベラスの肉は非常に引き締まっており、旨味が濃縮されていて味が濃い。

毛皮もパリパリという硬い歯応えがあり、爪も骨も内臓もどれも硬くて美味い。濃密な魔力を宿す血液は喉越《のどご》しが良く、何となく体内の魔力量が増えた気がした。

［能力名【三位一体】のラーニング完了］
［能力名【黒の門番】のラーニング完了］
［能力名【三重咆哮】のラーニング完了］

サーベラスでも新しい能力をラーニングできた。

記憶を失う以前と比べてラーニングしやすくなっていて、能力が増えるのは歓迎だが、使い熟《こな》す為には鍛錬をやり直した方が良さそうだ。

ともあれ、休憩した後は階段を上る。

すると二十一階からは、再び神殿の通路を思わせる内装に一変した。

ただ、前と違って通路は少し複雑になり、トラップなども仕掛けられているらしい。

油断していると足をすくわれるかもしれないので、気合を入れ直して先に進む事にしよう。

《五十四日目》／《百五[redacted]四[redacted]目》

二十五階の通路を、灰褐色の影が疾駆《しっく》する。

床の上を、時には壁を駆け、ただ前に前にと疾風のように進んでいく。

そんな影の前方に、十体の敵が出現した。天騎士が六体と、それに猟犬のように付き従う四匹の翼ある銀狼だ。

それらが秘めた戦闘力は階層に見合って高く、体内に持つ宝石結晶が無くならない限りは肉体を高速で再生する生命力がある。

しかし影は躊躇《ちゅうちょ》なく敵に向かい、銀の両腕が握る二つの武器で薙ぎ払う。

まるで暴風に巻き込まれた紙屑《かみくず》のように、敵の肉片が壁や床に飛散する。過剰な破壊だからか、通常よりも遥かに早く、その残骸は光の粒子となって消えていった。

それを背後に置き去りにして、影は疾走を再開した。

その正体は、狼人と化した俺である。

狼人と化した俺の攻略スピードはこれまでよりも早い。

しかしそれも当然の事である。

狼人化して得たのは、壁どころか天井さえ足場にして走行できる脚力と速度。地面に倒れ込みそうなほどの前傾姿勢でも、大きな尻尾を使ってバランスをとり、高速を維持したまま通路を駆け抜けられる。

それに、風の流れを嗅《か》ぎ分けて獲物の位置を把握する優れた嗅覚に、遠くの小さな物音も聞き逃さない聴力。

また分厚い筋肉が隆起した四肢には強大な膂力が宿り、全身を包む強靭な毛皮は半端な攻撃を受け付けない頑丈さがある。

つまり、罠があってもそれが起動する前に過ぎ去り、広く複雑化した階でも五感で目的地までの最短距離を容易く探れ、多少の無茶を許容できる肉体がある訳だ。攻略が加速するのは当然と言えた。

そしてその速度は、先程のように戦闘でも遺憾なく価値を発揮する。

二十一階からは敵も強くなり、また天騎士だけではなくなった。

翼ある銀狼〝天翼銀狼《ヘヴェンジルフ》〟や燃える車輪に複数の翼をつけた〝燃ゆる天輪《フォティアン・ホイール》〟、三メートルほどの翼と角と魔眼を持つ大蛇〝天翼眼蛇《ヘヴェンネード・スネーク》〟、翼の集合体としか表現できない〝蠢く清浄なる翼《グレンディーア・ギ・オーン》〟などが出没するようになっていて、マジックライフルなどでは威力不足だった。

そこで俺はメイン装備を、左手に大天騎士討伐で得たドロップアイテム【破邪の翼晶剣】を、右手に朱槍を持つように変更した。

そこに狼人の身体能力を加算すれば、一撃一撃が致命的な破壊力を発揮する。隊列を組んで現れる敵相手でも、高速の連撃によって真正面からの惨殺が容易だ。

今日も攻略は順調に進み、三十階への階段まで到着してしまった。

明日の朝イチで階層ボスに挑み、更に上へ進もうと思う。

《五十五日目》／《百五■五■目》

【狼狂兵の毛皮】の【狂狼獣化】による狼人化は、優れた身体能力など大きな恩恵を得られるものの、次第に理性を失わせるという大きなデメリットがある。

普通に使えば、俺は本能のままに動く獣となっていただろう。

俺はこれに、精神を守る【精神防壁】と、精神的な異常を元に戻す【メンタルケア】などのアビリティで対処した。

実際に効果はあり、通常よりも長く使えただろう。

ただそれでも、長時間での使用はかなり厳しかった。

そこで最終的には、自分の中に新しい人格を作る【多重人格】により、一時的に下位人格の俺を用意した。

下位人格は主人格に絶対服従する。

だから下位人格から理性が無くなっていっても、それを主人格が制御する事で、問題は解決した。

ただそうした場合、自分自身で戦っているという感覚が薄くなる。

まるでゲームのように三人称視点で周囲を見て、画面の中のキャラを操るように自身の肉体を操作している感じ、と表現すればいいだろうか。

壁に衝突させない、怪我を負わないようにする、など注意すべき点は多いが、その分視野は広く、やれる事は多かった。

[階層ボス〝白光の大天使《フェライア・アークエンジェル》・バルドールオ〟の討伐に成功しました]
[達成者は上層への移動が認められ、以後階層ボス〝白光の大天使・バルドールオ〟と戦闘するか否かは選択できるようになりました]
[達成者には初回討伐ボーナスとして宝箱【大天使の聖光】が贈られました]

そして階層ボス戦は、ゲームをプレイしているような感覚のまま終わった。

バルドールオは、強力な光線の魔術を操る魔術師だった。

外見は、身の丈二メートルほどの小綺麗な老婆で、ローブのような生体防具に身を包んでいた。

五十メートルほど上空を浮遊しながら、背中に生えた二対の光翼から、レーザーのような光線をマシンガンのように連射してくる。

この光線は、光線なのに光速ではない――魔術の一種だからだろうか――が音速よりも速く、直撃すれば肉体に拳大《こぶしだい》の穴が開く威力があっただろう。回避したので分からないが、少なくとも着弾した床や壁には結構深い穴が開いた。

上空という近づき難い場所から、高火力の連撃を叩き込む爆撃機スタイルは、実際厄介極まりない。

それに対する攻略方法は、シンプルで強引な手法になった。

バルドールオは、ある程度攻撃すると、息継ぎのように僅かに攻撃が途切れる時間が出来る。

その隙に、部屋に何十本もある太い白柱や壁を駆け上り、光翼を叩き斬って地面に落とす。

その後はただ攻撃を続けるだけだが、バルドールオを中心にして全方位に展開される光の防壁がとにかく硬い。

動き自体は遅いのでやりたい放題にできるものの、一定時間が経過すると、光の爆発と共にバルドールオは再び空中に舞い上がってしまう。

それを妨害する事はできなかったので、繰り返し繰り返し地面に落とし、地道にダメージを蓄積させていった。

最後の方は狂乱したかのように全方位に光線や光波を発して近づくのも大変になったが、最終的には頭から腹までを狼の大きな口で喰い千切って喰い殺す事に成功した。

ボリボリとバルドールオを喰いながら開けた宝箱には、複数種類のインゴット、芸術的なガラスの瓶に入った魔法薬、幾つかのアクセサリー型マジックアイテム、そしてバルドールオの光翼のような紋様が描かれた白銀のマントが入っていた。

この白銀のマントは【天駆の光翼套】、能力の一つは【天翼】。

羽織ってみれば、背中から自動的に光翼が発生し、身体がフワリと軽くなる。

意識すれば光翼は羽ばたき、それに合わせて空中を移動できた。

バルドールオと戦った三十階のボス部屋は、高い天井と、何十本もある太い白柱が特徴的な場所だ。

戦闘の影響で柱は何本も倒壊したが、それでもまだ残っていて、飛行の際に障害物となる。

不慣れな飛行は事故を起こしやすく、本来なら初めての使用はダンジョンの外の広大な空間で行った方が安心に違いない。

ただ俺の場合は、前世で使っていた装備に使用感が近く、軽く練習するだけで自由に飛べるようになった。

[能力名【光熱の翼理】のラーニング完了]
[能力名【魔力の宝源】のラーニング完了]
[能力名【翼律詠唱】のラーニング完了]

飛行しながらバルドールオを喰い続けていると、今回もラーニングできた。

【光熱の翼理】は翼から光線を繰り出すアビリティで、【魔力の宝源】は大量の魔力の生成。何となく体内に違和感があるので、宝石結晶でも作られたのだろうか。

ただ、【翼律詠唱】だけは少し使い方が分からなかった。試行錯誤しながら使っていると、翼が自動的に震え、光線がより簡単に使えたような気がしたので、補助的な能力なのかもしれない。

ともあれ、狼人の身体能力に加えて得た飛行能力を遺憾なく発揮して、先に進んだ。

三十一階からは再び地獄のような内装の通路になり、ダンジョンモンスターはより強く、より悪《あく》辣《らつ》になっていったが、それほどの障害とは感じなかった。

《五十六日目》／《百五■六■目》

背中から光翼を生やして飛翔する狼人となり、通路を進む俺。

正直、語る事は少ない。

一応、敵のダンジョンモンスターは種類が増えた。

四つの獅子頭に、大きく硬い皮膚に包まれた象の胴体、巨人の手のような形の骨の翼が背中に生え、尻尾は猛毒を吐き出す多頭蛇になっている〝エルドレッド・キメラ〟。

皮膚は無く青い血管が剥《む》き出《だ》しで、その中を赤く燃え滾るマグマが血液のように流れる、鰐《わに》頭の翼ある悪魔〝ディアブロ・クローイル〟。

悪魔的な禍々《まがまが》しいデザインの分厚い全身鎧に身を包み、呪いを秘めた魔剣を卓越した技量で振るって攻撃してくる首のない騎士〝デッドバニッシュ・デュラハンロード〟。

【呪詛】に汚染されて腐乱した肉汁を全身から垂らし、こちらを発見すれば突っ込んでくる、疫病を運ぶ黒い鳥〝ペイルライダー・バード〟。

無数の白い蛆《うじ》の集合体で、倒したダンジョンモンスターの死体を触媒にして一定確率で前振りなく発生し、死体を乗っ取って攻撃してくる〝死操の悪蛆《デッドカース・マゴット》〟。

青紫色の体表は猛毒に濡れ、胴体の側面に生えた節足動物の脚で機敏に動き回る。体長五メートルほどの鮭虫《アニサキス》〝シャケシャケーナピード〟。

その他にも何種類といて、どれも何かしら面倒な能力を持っている。

それに内部構造もより複雑になり、毛細血管の中を進んでいるような錯覚すら抱く。

設置された罠は致死性が極めて高く、密集していた。罠を見抜く能力が無ければ、十歩も行かないうちに死ぬに違いない。

ただ、俺にはそれら全てが問題とならなかった。

罠は宙を飛んで回避し、ダンジョンモンスターは超高速近接戦闘で強引に狩るだけだ。

ちなみに戦闘回数は最低限に抑えたが、後で喰う為に確保した死体はそれなりの量になっている。

正直、真面目に攻略していたらどうなっていたのかと思わなくもない。

ともあれ、攻略は順調で、これまで以上の早さで四十階のボス部屋に到着した。

腐食した樹海のようなボス部屋にいた階層ボスは、〝ドラッヘン・ディモンディアード〟。

身の丈十メートルはある、赤く爛《ただ》れた竜鱗が特徴的な竜頭の悪魔だった。

竜鱗から滴る猛毒が床に落ちると、それはスライムのように蠢《うごめ》き、無数の大型犬ほどの小竜となって襲い掛かってきた。

これは【悪毒の母】という能力らしい。毒を使った疑似生命体の一時的な創造と使役だ。

時間経過と共に数がどんどん増えていく小竜だが、一心不乱に突進を繰り返すだけなので攻撃を予測しやすく、防御力は皆無なので蹴散らすのは簡単だ。

ただ、飛散させても時間経過で復活するし、気化した毒を吸うと内臓から腐りそうだ。

それにある程度集まると大きくなるので、時間をかければかけるほど面倒な事になっただろう。

だから常に高速飛行し、上空から〝ドラッヘン・ディモンディアード〟だけを集中的に狙った。

防御力は思ったよりも低く、朱槍がよく刺さる。光翼からの光線も深くまで肉を貫き、光熱がその周囲を焼く。

それに相手の攻撃は大振りで回避も難しくなく、翻弄《ほんろう》するのは容易だった。

体格に見合ったタフさと猛毒にさえ気をつければ、どうとでもなる。

まあ、普通なら猛毒一つとっても対策が大変なのだろうが。

［階層ボス〝ドラッヘン・ディモンディアード〟の討伐に成功しました］
［達成者は上層への移動が認められ、以後階層ボス〝ドラッヘン・ディモンディアード〟と戦闘するか否かは選択できるようになりました］
［達成者には初回討伐ボーナスとして宝箱【悪竜の毒鱗】が贈られました］

多少強引に攻めた結果、無事に討伐できた。

宝箱の中にあったのは幾つかの宝物とマジックアイテム、そして爛れた竜鱗と小さな赤い宝玉で出来た腕輪だ。

これは【赤壁の毒鱗】というマジックアイテムらしく、左の機械腕につけて使ってみると、浮遊する赤く爛れた多数の竜鱗が俺の目の前に出現した。

数えてみると、竜鱗の数は五十。一つひとつが掌よりも大きく、指一本分くらいの厚みがあり、見かけよりも重かった。

隙間無く並べれば全身を隠す大盾にもなるが、個別に動かす事もできるので、使い道は多岐に及ぶ。

空中に固定して足場にできるし、高速で衝突させるなど攻撃にも転用可能だ。

それに、取り扱いに注意が必要だが、猛毒を分泌する能力もある。

性能を確かめようと色々したところ、小石を投げて当てると、竜鱗の表面を濡らす猛毒がプシュッと小さく弾けた。次に握り拳くらいの石を思いっきり投げつけると、ブシュッと勢い良く弾けた。

その後も幾つか実験して、どうやら爆発反応装甲のように衝撃に応じて猛毒が飛び散り、受けた攻撃の威力を下げるようだと分かった。

弾ける猛毒の量は衝撃の威力に応じて増減し、強いほど大量に吹き出した。

他にもあれこれ検証し、とりあえず納得できるまで慣れてから、先に進む。

感覚的にはとうに迷宮全体の半分を越え、かなり頂上に近づいている気がするのだが、さて、あとどのくらいだろうか。

進みながら喰った〝ドラッヘン・ディモンディアード〟の味は、ピリ辛《から》で結構癖になる。あと数体分は欲しいところだ。

［能力名【悪毒の母】のラーニング完了］
［能力名【爛れた竜鱗】のラーニング完了］
［能力名【猛毒回復】のラーニング完了］

《五十七日目》／《百五■七■目》

四十一階からは、これまでと違って混沌とした内装になった。

血管のように複雑に入り組んだ、神殿のような通路。

照明は光る結晶が収められたガラスのような頭蓋骨で、壁は綺麗な白壁もあれば、内臓を彷彿させる脈動する赤黒い壁もある。

徘徊するダンジョンモンスターは天騎士や銀狼だけでなく、多頭の悪魔や怪物などが混在して集団を形成している。

集団の連携はこれまでよりも優れ、正統派の強さを誇る天騎士が前衛として敵を釘付けにし、背後や死角から搦《から》め手《て》に強い悪魔が攻撃してくる、なんてのは基本だ。

連携はモンスターの組み合わせによってバリエーション豊かなので、油断はできない。

また知能も高いのか、致死性の罠が密集するエリアで仕掛けてくる集団もあれば、効率よく敵を屠《ほふ》る為なら味方諸共に広範囲大火力の攻撃を雨のように振らせてくる集団もある。

まるで、これまでの四つの階層をごちゃ混ぜにしながらもしっかりバランスをとったような奇妙な階層であり、難度は比べものにならないほど高い。

ごり押しで進む事もできるが、それだと消耗が激しすぎるので、ここからは少し慎重に進む事にした。

大きな音を出すと周囲にいるダンジョンモンスターが集まってくる為、狼人化は常時ではなく一時的にして瞬間的に身体能力を引き上げ、気配を気取られずに無音で殺す暗殺スタイルに変更。

敵集団の中には通常より優れた強化個体が混ざっている場合があり、何度か焦る場面もあった。

それでも着実に進んでいくが、やはり比較的歩みは遅い。

通路が複雑になり、広くなった事も要因として大きいだろう。

しかし悪い事ばかりではない。

出てくるダンジョンモンスターは全て美味しく、量もある。

探索の疲労も、美味なる食材によって癒《い》やされる。

最後に向けて英気を養いつつ、感覚を研《と》ぎ澄《す》ませながら進んでいった。

《五十八日目》／《百五■八■目》

夕方頃、五十階に到着した。

上ってきた階段から覗いたそこは、流れていく風が感じられるだけでなく、山陰に沈んでいく夕日や空に光る星が見える。

つまり外だ。

直径二百メートル程度の平らな床が広がり、周りを囲う柵や壁はない。

飛行可能な者なら直接やってこられそうだ、とも思ったが……よくよく集中して観察すると、外縁部には透明なガラスのような、薄らとした何かがある。

ちょっと確かめようと、小石を全力投球。アビリティによる突風で後押しして飛距離を伸ばし、余裕を持ってそこまで届かせた。

勢いは十分あっただろう。しかし小石は何かに当たって跳ね返り、硬質な音が響く。

やはり結界とかそんな感じの物があるのだろう。

と考えていたら、そこへ小鳥が何の障害も無く入り込み、通過していく。

うーむ、よく分からんが、とりあえず落下には気をつけるとしよう。

気を取り直して周囲を観察したところ、上に続く階段は見当たらないので、ここが古代爆雷制調天帝〝アストラキウム〟がいるはずの最上階で間違いない。

準備を行う為、一度階段で休息する事にした。

これまで仕留めたダンジョンモンスターの特に美味かった部位を大量に取り出し、ガツガツ喰う。

腹を満たし、回復の為の材料をアビリティに蓄えながら、装備の点検を始めた。

どれほど硬い物を斬っても刃毀《はこぼ》れ一つ無い朱槍の穂先を一応砥石《といし》で研《と》ぎ、汚れ一つ無いものの綺麗な布で拭く。

その他にも大剣や外套、毒鱗やその他回復薬やらを用意してから、一時間ほど仮眠する。

僅かな仮眠でも、消耗していた体力はアビリティによって充実した。

準備が整ったので、古代爆雷制調天帝〝アストラキウム〟を討伐するべく五十階に足を踏み入れる。

既に日は沈み、夜空には星月が輝いている。

数日間の攻略による精神的疲労も吹っ飛ぶような幻想的な光景だが、中央付近まで歩いてくると景色を楽しむ余裕は無くなった。

突如、斜め上空数十メートルほどの高さに生じた、白と黒と灰色が交ざった色合いに輝く光の球体。

その中から現れたのは、三センチほどの幅がある灰色の正中線を区切りとして身体の左右で特徴の異なる、身の丈四メートルに及ぶヒト型の〝アストラキウム〟だった。

まるで天使と悪魔が合体したような姿だった。

右半身は天使だ。白と銀で彩られた衣服を着ていて、美しい女の顔に、背中には穢《けが》れ一つ見当たらない純白の翼が四枚。傷一つ無い白い柔肌《やわはだ》の手が握るのは、灰色の天秤のような装飾が施された輝ける聖剣である。

左半身は悪魔だ。黒と赤で彩られた衣服を着ていて、禍々しい男の顔に、背中には黒く歪な手のような形状の翼が四枚。筋骨隆々で赤黒い金属のような手が握るのは、黒い異形の頭蓋骨が片方に載って傾いた灰色の天秤が描かれた盾である。

まるで左右でバランスをとっているようなその姿は、これまでの迷宮の構成を彷彿させた。

その姿を見て、ゴクリ、と思わず喉が鳴る。

対峙しただけで分かる重圧感。放出される魔力の密度と質は記憶にある中でも最上であり、数多の獲物を喰ってきた嗅覚が最高級の獲物であると告げている。

だったら喰うしかない。

俺は朱槍を握りしめ、躊躇《ためら》いなく駆け出した。

笑みを浮かべ、牙を剥く。

《五十九日目》／《百五■九■目》

古代爆雷制調天帝〝アストラキウム〟との戦闘は、開始から数時間後の夜明けまで続いた。

《天秤の調和塔《アドラム・ベルフーカ》》内では、古代爆雷制調天帝〝アストラキウム〟は絶対的支配者として在《あ》った。

そしてそれは当然の事だった。

何故なら〝アストラキウム〟は【神秘豊潤なる暗黒大陸《ミトロヒア・ダックルバス・フォーガン》】を創造した七柱《はしら》の一柱である【調和の神】によって【エリアレイドボス】に選ばれた存在だからだ。

同格である他の【エリアレイドボス】や、七柱の力を集めて生まれた【迷宮主】を除けば、その力は【神秘豊潤なる暗黒大陸《ミトロヒア・ダックルバス・フォーガン》】全域でも傑出している。

〝アストラキウム〟は天使と悪魔、正と負、そしてそこから生まれる混沌をその身に宿す。

性質が大きく異なるそれらを破綻なく纏めて調和した姿形や能力は、【調和の神】が好むように穏やか。一方で、一度戦闘となれば相反する力の調和をあえて乱し、広範囲を消し飛ばす破壊を生み出す。

天を統《す》べる帝《みかど》。

そう呼ばれるに相応しい〝アストラキウム〟は、これまで天秤塔の頂上に到達できた者がいなかった為、長い間静かに眠って待っていた。

だがついに最上階にまで達する者が現れた事で、鎧袖一触にせんとその身を顕現《けんげん》させた。

調和によって相乗効果を発揮した正と負と混沌の三種の守護は敵の攻撃の悉《ことごと》くを退け、調和の乱れから生じる破壊の嵐は空から降り注ぐ爆雷として天罰のように愚か者を即座に誅《ちゅう》する――はずだった。

しかし戦闘開始から数時間が経過した今、戦況は明らかに〝アストラキウム〟に不利な状況が続いていた。

「ヴォフッ！」

まるで空間が震えるような、短くも大音量の咆哮と共に、〝アストラキウム〟の下方から翼ある狼人が超高速で飛翔してくる。

狼人の銀の右手には朱槍、銀の左手には大剣が握られていた。

大剣は天秤塔の最初の階層ボスのドロップ品であり、その刃は〝アストラキウム〟にも届く鋭さがある。

しかしそれは大した問題ではない。

〝アストラキウム〟の周囲を包む、正と負と混沌という三種の力場の積層による絶対防壁によって、決死の一撃でも僅かに通るかどうかまで減衰される。

いかなる斬れ味の鋭さも、届かなければ意味は無い。

問題は朱槍の方だった。

これまで仕留めた数多の命に彩られたような穂先は、絶対防壁を薄紙のように斬り裂き、堅牢極まる〝アストラキウム〟の皮膚や筋肉すら穿つ。

既に幾度も貫かれ、何度も体内にある宝石結晶を抉られているだけに、〝アストラキウム〟の反撃には必死さが滲み出ていた。

一時でも目を離すのが怖いのか、狼人の姿を視界に収めつつ、更に天高く昇るべく天魔の翼が羽ばたく。

全力を出せば世界最速を誇る天空竜種に迫る飛行能力も、今は後ろ向きに走るようなものだ。

そしてそんな状態では、前方に向かって全力で飛ぶ狼人の方が速く、刻一刻とその牙が肉薄する。

『■●■●■●――【聖者の剣・堕天《だてん》メルトディア】』

『▼▲▼▲▼▲――【悪辣の茨《いばら》・昇獄《しょうごく》ジュデロポス】』

しかし狼人の朱い牙が届くより先に、天使と悪魔の顔が奇怪な詠唱を紡いだ。

重なって聞こえてくるような不思議な韻律《いんりつ》と共に、魔力の籠った言葉が世界に響く。

それによって発現したのは二種類の魔法だ。

無数の光剣と闇の茨が〝アストラキウム〟の前方に発生し、迫る狼人を圧殺するべく猛威を振るった。

光剣と闇の茨が秘める破壊力は絶大であり、ただ一つで巨人族による堅牢な石積みの城壁を粉砕する。それがまるで壁のような密度となったそこにただ突っ込めば、塵《ちり》一つ残さず消滅するだろう。

しかし飛翔する狼人は躊躇《ためら》わなかった。

速度を一切落とさないまま近づき、手に持つ朱槍を高速で捩《ね》じりながら突き出した。螺旋《らせん》を伴って音を置き去りにした穂先が光剣と闇の茨の壁に触れ、破砕音と閃光を生じさせながらそのまま突き抜ける。

光剣と闇の茨で出来た壁など、まるで薄紙と変わらないとばかりに孔《あな》を穿った理不尽極まりない一撃は、壁の先にいる〝アストラキウム〟まで届く勢いがあった。

このまま突き進めば、穂先はその胸を貫くだろう。

狼人はニヤリと獰猛《どうもう》な肉食獣の笑みを浮かべる。

だがそれは〝アストラキウム〟にも想定の範囲内。

悪魔の手に持つ盾を、朱槍の軌道上に構えていた。

しかし、これまで幾度も攻撃を防いできた盾には無数の亀裂が走っており、限界が近いのが素人目にも分かるだろう。

破損が激しい盾は朱槍を僅かな間だけ止めたが、狼人の飛翔速度などが加算された一撃を防ぐ事はできなかった。

〝アストラキウム〟ごと勢い良く天へ昇っていく間に、盾は限界を迎えて砕け散る。

そうして、紅槍の穂先が〝アストラキウム〟を貫く――かに思えたが、破壊されたと同時に盾は激しく爆発した。

〝アストラキウム〟の両手にある剣と盾は、生まれた時から自身と共に成長していく肉体の一部といっても過言ではない生体武具だ。

〝アストラキウム〟ほどの存在が持つ生体武具ともなれば、破壊された瞬間にそれまで溜め込まれていた力が四散して爆発してもおかしくはない。

ただ、今回爆発したのはただの偶然ではなかった。

あえてそうなるように〝アストラキウム〟自身が調整したのであり、その目論見《もくろみ》通りに発生した爆発は両者を大きく引き離す。

〝アストラキウム〟はそのまま天に吹き飛び、一方の狼人はまるで太陽に憧れたイカロスが地上に落下するように下方へと向かって――

「ヴォオオウ！」

しかし、狼人はただ落とされる事を許容しなかった。

手足と尻尾を操って複雑に回転する体勢を整えると、どこからともなく出現した赤く爛れた竜鱗を足場にしてしなやかに着地し、そして間髪《かんはつ》容《い》れずに再び天に向かって跳躍。更に、光翼を使って更に加速した。

狼人の行動は実に迅速だった。

最初からそうなると分かっていたかのように、最小の動作で、最短の軌道で、最速の飛翔を行った。

ただそれでも、僅かな時間がかかるのはどうしようもなく、迫っていた距離は離れた。

その僅かな猶予《ゆうよ》を得た〝アストラキウム〟は次なる行動を起こしていた。

天使と悪魔の両腕で聖剣を握って突き出し、その切っ先に正と負と力場を集中させる。白く光る正の力場と黒く光る負の力場は、衝突しながらも混ざり合い、灰色の混沌が生じて渦を巻く。

通常であれば即座に破綻するそれを、〝アストラキウム〟は調和させつつも密度を高めていった。

段々と、超高速振動の際に生じるのにも似た甲高い音が周囲に響き始め、やがて聖剣の切っ先には、まるで全てを呑み込むブラックホールにも似た灰色の球体が発生する。

直径僅か三センチほど。

しかしそれでも強力すぎるほどの引力を生み出し、周囲の大気などが急速に引き寄せられ始めた。

その威力は、世界すら吸い込んでしまいそうだと錯覚させる。

狼人も異常事態を察知したのか。

明らかに大技の準備に入った〝アストラキウム〟を止めるべく更に加速するが、天使と悪魔の翼から産み落とされた〝光幻天使《デステライオ・エンジェル》〟と〝闇影悪魔《オスクロゾン・デーモン》〟が邪魔をする。

〝アストラキウム〟は個の能力に秀でた【王】ではなく、軍勢を率いる事で能力を発揮する【帝】である。

配下を生成する能力ももちろん有しており、狼人の邪魔をする二種の天魔は、使い捨てでこそあるものの、その戦闘能力は《天秤の調和塔《アドラム・ベルフーカ》》の途中で出現した天騎士や悪魔達よりも数段上だ。

それらが、一秒でも稼げればいいと特攻を仕掛ける。

無尽にも思える〝アストラキウム〟の魔力により、次々と生成され続ける光輝く天使と闇の悪魔達は、波状攻撃を行って狼人が主人に迫るまでの時間を稼ぐ。

僅か数秒、普段であれば意識する事もなく過ぎていく僅かな時間。

しかし今は貴重なその時間の間に、〝アストラキウム〟はそれを完成させた。

『■▼●▲■▼●▲――《調和の淵の天魔混沌《アストラキウム・レグリア・ローレン》》』

聖剣の切っ先から、灰色の球体が放たれた。

音よりも遅く、これまでの戦闘速度に比べれば非常にゆっくりであるが、球体の引力は狼人に逃走を許さないほどに強かった。

もはや狼人の意思に関係なく、身体は球体に吸い寄せられていく。

これこそが〝アストラキウム〟に放てる最大最強の一撃であり、竜種の【竜の息吹《ドラゴンブレス》】すら軽く上回る破壊力を秘めていた。

攻撃範囲は他の【エリアレイドボス】が持つ最大攻撃と比べれば比較的狭いが、球体が発する重力圏は敵の逃走を許さない。

そして球体に吸い込まれた万物は全てと調和し、その果てに消滅する。

防ぐ防がないなどという次元の問題ではなく、ただ消滅するという結果だけを与えるこの一撃は、〝アストラキウム〟が奥の手として秘めるだけあって、行使する側の消耗も甚大だった。

回復に使われていた魔力までもつぎ込んだ〝アストラキウム〟の全身に、青い線が浮かび上がる。

一時的に閉じていた傷口が再び開いたのだ。

また、外からは見えないが掻き混ぜられたようになっている内臓の損傷も激しく、常人であれば即死している状態にある。

しかしそれほどに損傷が甚大とはいえ、強い生命力を持つ〝アストラキウム〟ならば回復に務めれば治る余地は十分にある。

だから後の事など考えもせず、ただ純粋に勝利を求めて行動した〝アストラキウム〟は、これで勝敗が決したという確信の笑みを浮かべ、しかしそれは凍り付く。

今まさに球体に吸い込まれようとした狼人が、ガバリと口を開いた。

人間の大人の頭部程度なら簡単に丸かじりできそうな、大きな口。生え揃った鋭い牙が剥き出しになり、赤い口内が晒された。

そしてあろう事か、狼人は球体に喰らいついた。

そんな事に意味があるはずは無い。

球体は口内から狼人を吸い込み、消滅させる。それどころか、そのまま射線上にある地上の天秤塔すら巻き込み、崩壊させるだろう。

そうなるべきであり、そうならないのはどう考えておかしい。

しかしどういう理屈であろうか。

球体を喰った狼人は、消滅する事なく、そのまま飛翔し続けた。

まるで何事も無かったかのようなその姿には、流石の〝アストラキウム〟でも理解が追いつかない。

この状況で、自身最大の攻撃にして防御不可の一撃が喰われた、などと即座に理解できる者など、そうはいないだろう。

そんなどうしようもない忘我の隙を逃すはずもなく、その間に近づいた狼人の朱槍が〝アストラキウム〟の額を貫いた。

「ヴォフ！」

そしてそのまま強引に振り下ろされる。

額から股間まで一気に斬り裂かれ、〝アストラキウム〟は頭蓋骨と皮膚の一部のみが僅かに繋がっただけの状態になった。

その状態からであっても、もし万全であったならば再生は可能だったが、既に満身創痍で余力は無い。

それに、今の一撃によって体内に五つある宝石結晶の中でも特に大きな頭部、胸部、下腹部の三つが同時に斬られており、勝敗はここでほぼ決した。

再生する為の魔力も枯渇した現状ではどうしようもなく、〝アストラキウム〟の肉体はゆっくりと落下を始めた。

それでもまだ意地があったのだろうか。

〝アストラキウム〟は、僅かに残った魔力だけでなく、生命力の残りカスすらかき集めて魔力に変換し、残る二つの宝石結晶を狼人の至近で爆発させせんとした。

——その間際。

「ガウッ！」

大きな口を開けた狼人に頭部と上半身の一部を噛み砕かれ、〝アストラキウム〟は完全にその命を終わらせた。

残された肉塊はそのまま落下し、天秤塔にぶつかってドグチャと濡れた布が落ちたような音を立てる。

そうして、二度と動かなかった。

地に降り立った狼人は落ちた肉塊の側に立ち、大きく息を吸って吼えた。

「アオオオオオオ！」

勝利の雄叫《おたけ》びが、夜明けの空に遠く響いた。

［能力名【調和の淵の天魔混沌】のラーニング完了］
［能力名【調和の極致】のラーニング完了］
［エリアレイドボス〝アストラキウム〟の討伐に成功しました］
［神■■篇〈アストラキウム〉のクリア条件【単独撃破】【■■討滅】【■■■■】が達成されまし

た」

「■■■■には特殊能力《スペシャルスキル》【天魔混沌の理】が付与されました」

「■■■■には初回討伐ボーナスとして宝箱【調和の剣盾】が贈られました」

「■■■■■／■■■■■による■迷詩■攻略の為、【調和の神】の神力の一部が徴収されました」

「神力徴収は徴収主が■■だった為、■の■る神の神力は■■れました」

「弾かれた神力の一部が規定により、物質化します」

「■■■■は【調和神之剣盾《アストー・キウラウム》】を手に入れた!!」

〝アストラキウム〟の死体に加え、出現した宝箱などを回収し終えた俺は、今日はこのまま寝る事にした。

疲労のせいというのもあるが、決着がつく直前に喰った重力球のような何かで腹が一杯になり、訪れたとても心地いい眠気に素直に従っただけである。

目が覚めたら、色々と気になる部分の検証が必要だろうが、とりあえずは取り出した寝袋に入って横になる。

お休みなさい。

［神権効果【因果忘却】対象者が解除条件【エリアレイドボスの駆逐】を一部達成しました］
［それによって一部制限が解除され、【伴杭彼方】から【小鬼《ゴブリン》】に回帰します］
［規格外恩寵【限界超越】が効果を発揮しました］
［試練を乗り越えた事で、[redacted]は本来の【小鬼】から【黒小鬼王《ブラック・ゴブリンキング》・堕天隗定種《リスタリオリシーズ》】に【存在改定《リメイク》】されました］
［記憶の一部も封印が解除され、思い出す事ができます］

意識が落ちる前に、こんな声が聞こえた気がした。
どういう事やねん。

《六十日目》／《百六[redacted]目》

目が覚めると、とても爽快《そうかい》な気分である一方、凄く違和感があった。
身体の感覚が明らかにこれまでと違うし、視界には今まで見えなかった大気の流れのようなモノがハッキリと見える。

そしてそれが周囲に満ちる魔力の流れだと何となく分かった時点で、異常事態が発生したのだろうと理解した。

寝起きに何事だと思いつつ、何だか大きくなったように感じる寝袋から這《は》い出そうとして、そこで身体が縮んでいる事に気がついた。

身体を見れば、何故か上半身は裸だった。それに皮膚は黒く染まり、金色の刺青《いれずみ》のような紋様が全身にある。

強化人間だった俺は、小鬼となっていた。

これらの他にも前と変わった点が幾つかあり、頭から足に向かって簡潔に挙げていくと――

頭髪が無くなってつるりとした禿頭《はげあたま》になり、そこに豪奢《ごうしゃ》な王冠が載っている。

不思議な繋がりがあって、この王冠は自身の一部だと何となく分かる。多分生体防具の一種だろう。

鏡を取り出して顔を見たところ、元の俺の容姿を残しつつも、細部が変わっている。

その顔にペタペタと触れている機械腕にも変化があり、色合いが前よりやや黒い。縮んでしまった体格に合わせて長さが調節されたようだが、輝きも力強さも機能性も変わらず、むしろこれまでより一体感が出ている。

それから下半身には、仏像のものに似た膝《ひざ》まである腰布を穿《は》いている。これも生体防具の類らしく、肌触りは絹《きぬ》のように滑《なめ》らかで、それでいてとても頑丈だ。デザインにもどことなく品がある。

そしてそんな腰布には、起きた時に手元に転がっていた黒い短角の剣を吊り下げる紐もついていた。この黒短角剣も生体武器の一部のようで、朱槍と同じく手によく馴染む。

普段は朱槍を使うつもりだが、これはこれで使い勝手が良さそうだ。

上半身につけていたはずの防具と同様に靴も無くなっていたが、足裏の皮膚が分厚いので、地面が荒れた場所でも素足で問題なく歩けそうだ。

あとは、体内魔力が劇的に増大し、かつ魔力の精密操作が本能的に可能となった。指先から魔力を微細に放出できるし、五指それぞれに火、水、風、土、雷などを別々に発生させられる。

魔術などについてはまだまだ勉強すべき余地があるものの、何となくで自在に操れるようになったらしい。

まだまだ完全には把握できていないが、俺に起きた変化を大雑把に纏めるとこんな具合だろうか。

いやどういう事やねん、と変化を見つける度に思うが、もう変わってしまったので仕方ないと思う事にする。

五十階の広い空間もあるのだから、少なくとも今日一日は訓練に使って、この身体について理解を深める必要があるだろう。

なのに、この他にも考えるべき事はまだまだ多い。

まず、記憶の一部が戻った事について。

それによって、俺はこの世界に転生し、家族が出来た事を思い出した。

こんな大切な事を忘れた事、忘れるように仕向けられた事に憤《いきどお》りを感じる。

原因は、喰わねばならない。

次に、俺が寝る前に着ていた装備一式について。

目が覚めたら生体武具の類しか身に纏っていなかったのだが、別にそれらが無くなった訳ではなかった。

どういう理屈なのか、武装した巨大な灰銀の狼となって、俺の傍に侍《はべ》っていたのだ。

言っている意味が分からないだろう。俺もよく分からない。

順を追って説明すると、目が覚めたら、尻尾まで含めれば五メートルはありそうな灰銀狼がすぐ傍にいた。

使っていた大剣によく似た色合いの爪牙、折り畳まれた背中の光翼、竜鱗の腕輪によく似た首輪。

ピンと張った狼耳には、指輪型マジックアイテムなどがまるで装飾品のようについている。

何が起こっているのか把握できていない中、目覚めた俺に向かってその灰銀狼は飛びかかってきた。

襲ってきたのかと思ったが、敵意は全く感じず、むしろ親愛すら向けられている感覚があって困惑した。

パタパタと嬉しそうに尻尾を振っていたし、それにどこか知った気配だった。咄嗟《とっさ》に反撃しようとする身体を抑えるのに意識と力を使うと、その隙に押し倒されてしまった。

寝る前よりも力が出ない事に気がついても、後の祭りだ。

灰銀狼は俺の頭部などひと齧りにできるであろう大きな口を開け、唾液に塗れた長い舌で顔をペロペロ舐め始める。

しばらくはそのまま揉《も》みくちゃにされた。子供が大型犬にのし掛かられているような光景だっただろうか。

機械腕で顔やら喉やら背中やらをワチャワチャと撫でさすって宥《なだ》め、下から何とか這い出して、愛犬のような仕草でじゃれついてくるこの灰銀狼が一体何なのか調べてみた。

幸い、荷物を入れたパックパックは階段に置いてあったので無事だった。

そこから取り出した【知識者の簡易鑑定眼鏡】で調べてみると、灰銀狼は【受肉した黒狼王兵】、保有する能力の一つは【黒王眷属】と出た。

正直、情報が足りなさすぎて意味が分からないが、それでも更に色々探ってみた。

その結果、名前に【受肉した】とある事からして、【狼狂兵の毛皮】をベースに階層ボス戦で得たマジックアイテムとかがあれこれ混ざって一つになった存在なのだろう、と推察してみる。

とにかく敵ではないらしいので、とりあえずそれで良しとしておこう。

指示すれば忠実に従うし、乗って移動する事もできるので、まあ便利な存在を得たという風に考えようか。

その他にも色々と謎が深まるばかりだが、ともあれ、考え込む前にまずは動いて肉体の把握に努める。

これは決して、現実逃避ではない。

ではないのだ！

《六十一日目》／《百六■一■目》

灰銀狼の暖かくてモコモコと肌触りの良い毛皮に包まれて眠るのは、中々に心地いいものだった。

周囲の温度が低い事も手伝って、ずっとこのまま寝ていたいという欲求もあるが、しかし朝になったので気合いを入れて起き上がる。

しかし、極上の毛皮布団に包まれて夢も見ないほどグッスリと眠ったはずなのに、目覚めはスッキリとしたものではなかった。

どうやら疲れが完全にとれなかったのか、ちょっとした気怠《けだる》さがある。

それに加えて全身各所の筋肉痛も酷《ひど》い。少し動くだけでビキリと痛みが走る。

筋肉痛の原因は、限界を超えるまで続けた昨日の身体把握訓練で間違いないだろう。

かなりハードな内容だったので、作り替えられたばかりの肉体にあの負荷はまだ厳しかったらしい。

仕方ないので、疲労回復系のアビリティで気怠さを散らし、筋肉痛を緩和させる。

それから、俺に合わせて目覚めた灰銀狼に顔を舐められながら、一先ず現状の肉体について振り返る。

俺の認識では、【強化人間《ブーステットマン》】だった以前と比べ、【黒小鬼王《ブラック・ゴブリンキング》・堕天隗定種《リスタリオリシーズ》】となった現在の身体能力は多くの部分で弱体化している。

まあ、身長が数十センチも小さくなり、体格差を見れば子供と大人ほどの差があるのだから、それも仕方ないだろう。

大きさは重要な要素の一つであり、手足の長さとか搭載できる筋肉量など、諸々の点で小さい方が不利なのは明白だ。

それに加えて俺は普通の【強化人間】ではなく、以前の職場である銀河的大企業のアヴァロン社が独自開発して戦闘用に調整した最先端の強化手術を受けた、特別な【強化人間】だった。

『銀滅級宇宙怪獣を単独討伐できる超人、最終的にそれを目指そう。ロマンもあるし、どうせやるなら大きな目標があった方がいいだろうッ』という、初代会長のひと言から始まった技術開発。

色々とぶっ飛んだ逸話が溢れるほどある初代会長が、異星人の天才鬼才達を様々な銀河からかき集め、彼らは潤沢な資金と設備を背景に多くの技術を生み出した。

謎技術盛り沢山の改造手術はまだ発展途上ではあるものの、現時点でもヒトを宇宙怪獣に匹敵する存在に変える事ができるようになった。

強すぎて普段は色々と不便だから出力にセーフティがかかっているとはいえ、そんな以前の肉体と比べて現在が劣っているのはある意味当然で、嘆《なげ》くほどでもなかった。

その代わりに得た能力もあるし、それに身体能力が落ちたと言っても、ナチュラルアスリートのトップクラス程度の性能は持っているのだ。

思い出した記憶の中にあった、小学生レベルの身体能力しかなかった普通の【小鬼《ゴブリン》】時代と比べれば、【黒小鬼王】の肉体は非常に優秀だった。

だから生物的に見て弱くなった事にも、それほど落胆はない。

ただ嘆いているよりも、訓練で肉体を鍛え、細部まで理解を深めた方が有意義だ。

そんな訳で、身体作りの第一歩として大事な食事を灰銀狼の分まで作り、一緒に朝食を喰う事にした。

灰銀狼に用意したのは、大きな生肉だ。

新鮮な状態で収納していたので、まだ少し熱が残っていて血の臭いも濃いモンスター肉を床に置く。

灰銀狼はそれに美味そうに噛みつき、口の周りを赤く染めていった。

それを見ながら、俺は少し残っていた〝アストラキウム〟の焼き肉を口に入れた。

やはり〝アストラキウム〟の肉は美味い。脂肪が少ない赤身系の肉で、さっぱりとしながらも奥深い味の広がりがある。

ゆっくりと肉を噛んで旨味を引き出しながら、コップに入れた〝アストラキウム〟の血液を飲む。

血液は僅か一滴でも極上の美酒に等しい。単品でも十分楽しめる逸品なのだが、口内で肉と混ざる事で、より豊潤な味に変わった。

肉と血の混ざった甘美な匂いが鼻腔《びこう》を満たし、その刺激で楽園が幻視できた。

これだけである種の完成形だと確信するのだが、しかしメインディッシュは他にある。

〝アストラキウム〟との戦闘の最後。

何か悪足掻《わるあが》きをしそうだったのでそれを止めるべく、狼化した頭部で肉体の大部分を丸かじりした。

その際、牙となっていた俺の歯が、肉や骨とは違う少し硬い何かに接触。そのままパキリと噛み砕いたが、その何かから溢れた中身が舌に触れた瞬間、旨味成分の塊を喰ったと思った。

舌から伝わった味覚情報が脳を直撃した時の衝撃は凄まじく、美味さで脳が激しくスパークし、恍惚として意識の空白が生じたほどだ。

そして何かの中身と一緒に喰った血肉が口内で混ざり合い、凄まじい相乗効果を発揮した。

脳内麻薬がドバドバと溢れて気分が向上し、豊潤な魔力が細部にまで染み渡って全身の細胞が活性化する。

これさえあれば、何日かかる困難な任務でも完遂できるだろう。そう思わせるだけの活力が身体に満ちていた。

美味の暴力が脳を連撃する極楽浄土。

その時の感覚は、そう表現しても過言ではなかっただろう。

感動に震えながら天秤塔の頂上に降り立った時には、言語化も難しい気持ちを咆哮として表現するしかなかった。

噛み砕いたその何かの正体については、最初は脳や心臓などの重要な器官であるかとも考えた。

だが、大きさや個数を踏まえると、やはり力の結晶であり核でもある宝石結晶がより有力な候補だろう。

だとすると、宝石結晶はその時に三個は喰ってしまって、解体して取り出せたのは二つだけ。

その二つを一度に喰うには勿体ないし、その何かが本当に宝石結晶だったのかもジックリと確認する為、それぞれをゆっくりと咀嚼《そしゃく》した。

［能力名【天使の右手と悪魔の左手】のラーニング完了］
［能力名【混沌の遺児】のラーニング完了］
［能力名【天統べる帝】のラーニング完了］

喰い終わった頃には、残っていた疲れは跡形も無く吹き飛んだだけでなく、心身には力が漲り、更にアビリティも得られた。

予想通り、あの旨味成分の塊は宝石結晶だったらしく、再びの極楽浄土にしばし感激する。

早朝からうれしい出来事があったと気を良くしつつ、今日は昨日と同じく身体把握訓練を行う事にした。

肉体についての理解は深まったものの、まだ十分ではないからだ。

軽く準備運動をして身体をほぐし、『木人君《もくじんくん》』と名付けた木造ゴーレムを取り出して対峙した。

一人で黙々と動くのもいいが、相手がいた方が何かとやりやすい。

製造した木人君の体格は、強化人間だった頃の俺を忠実に再現した。そしてそれだけでなく、戦闘技術もまた俺自身のコピーだ。

ただしまだ性能が低いので完全な再現は難しいが、ゴーレムだからこそ可能な関節の可動域に縛られない無茶な動きができる。

それに、上層の天騎士の宝石結晶を動力源としたところ、意図せず自動修復機能まで獲得してしまった為、多少殴る蹴るを繰り返しても問題なく稼働し続けてくれる優れ物だ。

今の訓練相手としてはかなり有用な存在と言えるだろう。

そんな木人君と訓練を続け、感覚のズレを修正していった。


木人君のジャブを紙一重で避けて懐に踏み込み、脇腹にフックを撃ち込む。

全身を連動させて繰り出したこの一撃は、以前と比べてキレは鈍いが、機械腕の性能が大きく向上していた為に深く突き刺さる。

その衝撃で木人君が軽く吹き飛んだ。それを追って間合いを詰めるが、接近されるのを嫌ったのか、木人君は片足が着地した瞬間に鋭い中段蹴りを繰り出してくる。

咄嗟に機械腕でガードしたが、やはり体重差は大きく、まるで槍のような中段蹴りによる強い衝撃で蹴飛ばされそうになる。

機械腕でなければ、最悪折れていたかもしれない。

仕方ないのでこちらも距離をとって仕切り直すと、しばらく格闘戦を続けた。

実戦形式で身体を動かす事で、【黒小鬼王】としてどう戦うのが最良なのかを深く理解できる。

理解が深まるにつれて指先にまで神経が通っていき、徐々に自分の動きが形になっていくのが分かる。

何故かこの世界に転生し、【小鬼《ゴブリン》】として生活していた頃の記憶を思い出した事も手伝って、手足の末端まで気が通り、動くほど研ぎ澄まされていくのは中々に面白い。

身体に慣れるにはもう少しかかるか思っていたが、これなら今日一日もあれば完全に掌握できそうだ。

《六十二日目》／《百六■二■目》

朝食を喰いながら今日はどうするか考える。

とりあえず、【黒小鬼王】の肉体には慣れた。

リーチの変化のせいで間合いを間違う事もなくなり、角短剣や朱槍などを使っても自傷する危険性は減った。

遭遇する敵全ての殲滅ではなく、逃走も選択肢に入れるなら、都市に戻る分にはあまり問題もないだろう。

ここから出るだけなら、飛行もできるらしい灰銀狼に乗ればいい。走らせてみたら中々の速度を長時間維持できたので、《マドラレン宣教都》にはすぐに到着できるだろうし、そこから蟻人少年達がいる《自由商都セクトリアード》にも簡単に帰れるだろう。

しかし少し考えた末、今日一日はもうちょっと鍛える事にした。

というのも、肉体についての理解は深められたが、まだ【黒小鬼王《ブラック・ゴブリンキング》・堕天隗定種《リスタリオリシーズ》】となって得た能力について十分に理解できていないからである。

身体能力は低下した一方、その代わりに新しく得た能力が幾つかある。

その一つは、この世界に存在する【魔力】に関係する感覚だ。

慣れていた方がいいだろうから、まずはアビリティを使わずとも自然と体内で生成される【魔力】を体表に放出し、操作を色々試していく。

視認できているので【魔力】の動きは分かりやすく、アビリティで生成した魔力操作の経験もあって、短時間である程度自由に動かせるようになった。

その後、体表ではなく体内を循環させてあれこれしたところ、強弱をつける事で瞬間的あるいは持続的な強化などが行えると判明した。

【魔力】には色々と使用用途があるらしい。

ただ、これ以上は都市に帰って情報を集めた方が早そうなので、この段階で一度訓練を区切る事にした。

そして次が今回の本命。アビリティに似た、しかし少し違う種族的な幾つかの能力を使ってみる。

呼吸するように、あるいは瞑想するように集中すると、本能的に使い方が分かるそうした能力の中で、特に有用そうなモノだと――

生体防具以外の防具を装備していない時、一時的に身体能力や魅力などを向上させるオーラを放つ【王者の鬼裸命氣《キラメキ》】。

自身よりも格下の鬼種を打倒して配下に置いた時、効率良く自由に指揮できる【鬼王権限】。

配下に置いた存在を強化し、代わりに配下が得る経験値の一部を徴収して自身を強化する【黒王眷属】。

魔力を大量に消費する事で、一時的に膂力や俊敏性や頑健さなどの身体能力を全体的かつ飛躍的に上昇させる【小鬼王の魔練剛躯《マレゴク》】。

――などがある。

という訳で、今日一日はこれらの新しく得た能力について理解を深めていった。

あれこれ試行錯誤しつつ、合間にダンジョンモンスターを齧《かじ》って小腹を満たす。

能力をひと通り使ってみて、そのせいか普段よりも疲弊した肉体には、小まめな栄養補給が必要らしい。

魔力だけでなく、体力とか精神力とも必要なのだろうか。

まあ、その辺りも使っていくうちに慣れるはずだ。

《六十三日目》／《百六■三■目》

変化した肉体と、新しく得た能力についても理解を深められ、次の目的も決まったところで、天秤塔を離れる事にした。

一先ず《マドラレン宣教都》に立ち寄り、それから《自由商都セクトリアード》に帰る予定だ。

太陽が昇るよりも早く日課のトレーニングをこなし、朝食を喰う。

それから荷物の最終確認をして、乗れと言わんばかりに伏せて催促してくる灰銀狼に跨《また》がった。

鞍《くら》の類は無いが、灰銀狼の光翼の根元に足を引っかけると、自然と体毛が蠢いて足に絡まり、固定してくれる。どうやら灰銀狼が気を利かせてくれたようだ。

これは良いと思っていると、今度は竜鱗の腕輪によく似た首輪から銀の紐が伸びてきたので、機械腕で掴む。

どうやら手綱《たづな》代わりになるらしく、握るだけで意思疎通ができた。

そうして準備が整ったので、俺達は天秤塔の最上階から飛び出した。外縁部に沿って張り巡らされた結界は、通り抜けたいと思っていれば簡単に通り抜けられるのだ。

外に出た途端、強烈な冷風が襲い掛かってくる。

今身に着けているのは腰布型生体防具くらいで、上着の類は持っていない。が、風を裸体に受けてもそこまで寒さは感じなかった。【黒小鬼王】の肉体は寒さに強いのかもしれない。

新しい発見をしつつ、そうはいっても冷風に晒され続ければ体温を奪われていくかもしれないので、【防寒】や【防風】などのアビリティを重複発動。

それによってほとんどそよ風程度にしか影響しなくなった。

問題もなくなったので、しばらく空の旅を満喫する。

上空から見える地上の景色は中々に壮観だ。

雄大な自然をはじめ、そこで繰り返される生存競争は凄まじい。

巨大な熊のモンスターが小型の恐竜のようなモンスターの大群に襲われ、肉体を削られつつも剛腕を振り回して相手を屠る。

ヒトの集団と蟷螂《かまきり》のようなモンスターとの戦闘は一進一退ながら、段々とヒトの集団が優勢となっていく。

動く植物が仕留めたモンスターに根を生やし、栄養を吸い上げながら急速に成長していく。

その他にも面白い光景があちこちで繰り広げられているが、空の旅も安全ではないらしい。

天秤塔の屋上からも遠目に何度か見かけた、翼竜や大怪鳥型のモンスター。

それらが空飛ぶ灰銀狼とそこに跨る俺を獲物と見なしたのか、上空を舞いながらこちらを意識していた。

腰に差した黒短角剣では間合いが足りないので、とりあえず朱槍を収納系マジックアイテムから取り出し、右手に構える。

しばらく悟られないように様子を窺《うかが》っていたが、やはり逃がしてはくれないらしい。

上空から急速下降してくる一体の翼竜がいた。

鋭い口先を槍のように突き出し、俺達を貫かんと迫る翼竜はまるで雷のように速かったが、それだけに狙いは分かりやすかった。

衝突する直前に灰銀狼を横に動かして直撃コースから外れ、すれ違う瞬間に俺が突き出した朱槍の穂先が翼竜の頭部に深々と突き刺さる。

そのまま、翼竜は頭部から真っ二つになった。

翼竜はモンスターの中でも強い部類に入るらしいが、朱槍の鋭さに急降下の勢いが加わっては抵抗もできないようだ。

血の雨を降らせる事になったが、もちろん死体は回収した。落下する死体に灰銀狼が余裕で追いついたので、空中で収納系マジックアイテムに放り込むだけの簡単な作業だった。

そしてこうも簡単に狩れるとなると、欲が出てきた。

鱗一枚だけでもいい土産になるだろう存在が丸ごと手に入る、こんないい機会は見過ごせない。

せっかくだからとあと数体分は欲しい。

内臓は後で灰銀狼と一緒に喰うとして、早く次が襲ってこないかなと期待しながら空を飛んだ。

そうして頑張った結果、十数体の翼竜と数十体の大怪鳥を仕留める事に成功したものの、《マドラレン宣教都》に到着した時には夕暮れになっていた。

予定よりもゆっくりしてしまったが、狩りの時にはよくある事だ。

今日は高級宿に泊まり、翼竜の肉を使った料理を注文しよう。

《六十四日目》／《百六[redacted]四[redacted]目》

天秤塔で得たドロップアイテムを売って、資金を作ろう。

そう思い立ち、大きさや威圧感から街中を連れ歩くのは邪魔になる灰銀狼を宿に預け、朝から幾つかの大きな商会を巡って査定を繰り返した。

その結果、商売系の神の信者達が経営する商会の中でも特に大きな三つの商会が高値を付けたので、商会長や秘書などに集まってもらい、オークション形式で売買を行った。

天秤塔で得られる素材は貴重品らしく、最初の方に手に入れた質が低めのドロップアイテムでも、査定の段階でかなり良い値段が付いていていた。

そこで売ってもよかったが、少し欲張り、オークション形式にして更に値段を吊り上げる目論見だった訳だが、それは成功したと言えるだろう。

短時間で、ひと財産が出来上がった。

下層で得たドロップアイテムが多めながら、査定には出していなかった最上階付近のドロップアイテムの余剰分も何点か目玉として出した事で、最終的に買取額が二桁ほど上がった。

今回はいい取引ができた。三つの商会もそれなりに納得できる結果になっただろう。

それはいいのだが、素材を売る際には、何故か俺が祈祷《きとう》を捧げる事を強く求められた。

よく分からなかったのでいい加減なやり方だったにもかかわらず、それでも深く感謝されたし、祈祷代としてそれなりの額をドロップアイテム分とは別に貰った。

色々と疑問は残るものの、予想以上に得た資金を使い、蟻人少年達へのお土産やここでしか得られない貴重品の類を大量に買い漁っていく。

資金が足りなくなったらまだまだ売れる素材やドロップアイテムはあるので、財布の紐は緩く、購入した品はかなりの量になる。

そして、そんな目立つ事をしていると集まってくる者達がいるのは、ある意味当然だろうか。

ただ、取引の時に何故か祈祷をお願いされたように、ここでは集まってくる者達も他の場所とは少し毛色が違うようだった。

【清貧の亜神】の信者を示す刺青を右手の甲に施した古着の老人が、『僅かばかりの寄付を』と頭を下げながら空の器を掲げたので、小銭を入れてやる。

【野菜の亜神】の信者を示す紋様を描いた看板を掲げる八百屋の中年女性が、『ウチの野菜は美味しいよッ、一つどうだい⁉』と新鮮な野菜を売り込んできたので、買って喰う。

【強奪の神】の信者を示す腕輪を嵌《は》めた猫獣人の少年は、俺の財布を狙っているのか物陰から気配を消しつつこちらを窺っている。

【淫靡《いんび》の神】の信者を示す首飾りをつけた妖艶《ようえん》なサキュバスの女性が、甘い色香を出して誘ってくる。

【死海の神】の信者を示す特殊な紋様が描かれた黒ローブ姿の魔人は、俺に向かってブツブツと小声で祈祷を捧げてくる。

【深淵の神】の信者を示す首輪をつけた魚人は、俺を見ながら手に持つ人皮の聖典に何かを一心不乱に綴《つづ》っている。

その他にも多種多様な人種や主義主張を秘めた者達が集まってくるが、これは《マドラレン宣教都》にはそれぞれが崇《あが》める【神々】に強い【信仰】を捧げる信者が多いからだろう。

それぞれの教義に沿った行動をし、大抵はどの【神】の信者であるかを示すモノを身に付けているので判別しやすい。

【死海の神】の信者などよく分からない行動をする者も一部混じっているが、総じて【強化人間】

だった頃よりも声をかけられ、注目されているのは間違いなかった。

あまり相手にせずにやり過ごしていくが、俺の外見が種族的にとても地位の低い小鬼である事が関係しているのか、後をつけてくる輩《やから》が結構多い。

そういった強引な者達は、教義に荒事系が関係する【神々】の信者だろう。

追跡者の数が十を超えた頃、面倒になったので裏路地に入り、あえてやりやすい環境を整えた。

するとさほど時間も経たないうちに、鬼人の集団が接近してきた。

禍々しいボロ布ローブに、角のある骸骨のような仮面が特徴的な、〝死霊鬼《ネクロロード》〟を筆頭とした総勢八名の集団で、それぞれが【叛逆の神《はんぎゃく》】や【序列の亜神】などの信者を示すモノを持っていた。

夕暮れが近く、ただでさえ薄暗い路地裏に、不穏な空気が満ちる。

何の為に接触してきたのかと黙って待っていると、【叛逆の神】の信者の耳飾りをつけた死霊鬼が『偉大なる【使徒《アポストル》】様に、我等が信仰を示さん』と言い、ヒトの手のような形の赤紫色に輝く金属の杖を握った。

それに合わせて、その背後に控える七人の鬼人達も大剣や鉄槌、鞭やチャクラムなど、それぞれの得物を構える。

正直、【使徒】様と言われても何が何だだし、信仰を示さんなどと言われても意味がよく分からない。

ただ、彼らが持つ得物が力強い魔力を発し、戦意に漲っている事だけは一目瞭然だった。

叩きのめしてから詳しい話を聞こう。

そう判断するまでには瞬《まばた》き程度の時間しか必要なかった。

黒短角剣を腰から引き抜き、逆手《さかて》に構える。

以前よりも遙かに注目されるようになっている現状、流石に殺すと面倒事に発展する可能性が高い。

だから気絶までで止めようとは思うが、種族的に鬼人は小鬼よりも圧倒的に強いという。

素人なら多少身体能力が高かったとしても無力化できる自信はあるが、残念ながらこの八鬼は構えからして熟練の戦士である事が窺える。

しかも連携に慣れているのか、隙はあってもフォローし合えるようにしている。

油断すると足をすくわれるかもしれない。

特に、さっきの死霊鬼は八鬼の猛者《もさ》の中でも別格だ。

手に持つ異形の杖に集まる魔力は、他の者よりも圧倒的に濃密で繊細で力強い。

互いに様子を見合う事数秒。

最初に動いたのは死霊鬼だった。

『【死霊沼ノ氾濫《アンディアー・ヴェルヌー》】！』という詠唱によって、杖の先端に集約された魔力が変換されて魔術が完成したのか、死霊鬼のすぐ前方の地面にタールのような何かで出来た黒い沼が発生した。

鼻が曲がるような臭気を放つその沼からは、全身が汚れたスケルトンやゾンビが溢れ出し、川が氾濫《はんらん》したような勢いで裏路地を埋め尽くしながら迫ってくる。

スケルトンやゾンビ達は苦しそうに手を伸ばす。生者にしがみついて自分達と同じようにしたいのだろうか、その姿からは悍《おぞ》ましいほどの怨念と嫉妬が感じられる。

ほぼ間違いなく死霊系魔術だろう。下手に触ると何が起こるか分からない。

だから俺は、大きく開けた口を起点に強力な吸引力を発揮する【螺旋吸引】を発動させ、圧し潰す【重圧縮】も重複発動しながらスケルトンやゾンビごと沼を吸い込んだ。

ただ思ったよりも沼は深く、完全に呑み干すのに四秒も必要だった。

呑み終えると、ズシリ、と腹に溜まる感覚がある。ツンとくる酸味も臭いも強烈だったが、しかし意外と悪くない。

お代わりはないかと死霊鬼を見るが、八鬼は驚愕の表情を浮かべて固まっていた。

どうやら呑まれるのは想像していなかったらしい。

仕方なく、死霊鬼に向かって足を踏み出せば、大剣や鉄槌を持つ接近戦の得意そうな四鬼が慌てて前に出た。

前衛として死霊鬼を守ろうとしたのだろう。

構わず近づくと得物で攻撃してくるが、最低限の動きで躱《かわ》し、スルリと横をすり抜ける。すれ違う際に黒短角剣で太腿《ふともも》や膝を穿ち、機動力を奪うのも忘れない。

前衛をやり過ごし、死霊鬼を含む後衛四鬼を無力化しようと迫る俺の頭部に、高速で飛翔する炎弾が迫る。

青く燃え盛り、直撃すれば骨も残らないかもしれない熱量を秘めた炎弾を、地を這うようにして回避する。

だが回避するまでもなく、炎弾は俺の頭にある王冠に近づくと吸い込まれてしまった。

王冠に吸収機能がある事に自分自身驚きつつ、炎弾を放った鬼人と距離を詰め、その手から杖を弾き飛ばす。

そのまま流れるように横を走り抜けながら、荒縄の両端に石を括《くく》ったボーラを取り出して手足に巻き付かせ、簡易的に拘束しておいた。

顔面目掛けて迸《ほとばし》る雷撃を黒短角剣で弾き、背後から飛んでくるチャクラムを回避して、俺は最速で死霊鬼に迫る。

最優先は、八鬼の中で最強の死霊鬼の無力化だ。大技を出されると面倒なので、その前に距離を詰め、杖でガードされるのもお構いなしに機械腕によって強打。

拳は杖ごと強引に押し込んで死霊鬼の胴体にめり込み、衝撃が強靭な腹筋を貫いて内臓まで届く感触がした。

腹部強打により強制的に胃の内容物が吐き出される前にバックステップで距離をとり、嘔吐《おうと》しながら崩れ落ちる死霊鬼を放置して、残る獲物へと視線を向けた。

その後あれこれあった末、無事に全員を無力化する事に成功した。

結構大変だったが、事前に訓練していた事が功を奏した。もし今の身体について理解が浅かったら、もっと苦労していただろう。

ともあれ、気絶させた八鬼は縄で縛り上げ、【睡眠】の効果を継続して与えるマジックアイテムの針を刺しておく。こうしておけば、殴るなどの強い衝撃を与えない限りは目覚めないので、順番に尋問できるだろう。

裏路地でも人の眼はあったが、鬼人の集団を一網打尽にした俺には誰も声をかけてこなかった。

とりあえず弱い順に起こして話を聞いていき、最後に最も多くの事を知っていそうな死霊鬼の番が来た。

そうして得た情報によれば、俺は【神々】から【加護】を与えられた【使徒】――【加護持ち】、あるいは【詩編覚醒者】などとも呼ばれる――らしい。

《マドラレン宣教都》では、【使徒】は他の場所よりも更に特別な存在として見られる。

ここに集まる者にとっては、信仰を捧げる【神々】が自ら選び、力を与えた存在なのだから、そうなるのは当然なのかもしれない。

ともあれ、【使徒】は特別で、だから様々な面で優遇されるそうだ。きっとあの祈祷代の上乗せなどがこれに該当するのだろう。

このように恩恵は大きいが、その代わりに責務もあるようだ。それが今回の一件に繋がるらしい。信者達がそれぞれの信仰を示す相手として、接触してくる事もあるという訳だ。

ただし、接触してくるとしても、今回のように戦闘になるケースは比較的少ないという。

その理由としては、基本的に【使徒】になるような存在は強者の場合がほとんどだし、【加護】によって特異な力を得ており、わざわざ命を捨てる者は珍しいからだ。

戦闘能力の低い【使徒】もいるが、ここにいる【使徒】は社会的地位が高い場合がほとんどで、それぞれ重要な仕事や職務を抱えている事も多い。だから接触されても戦闘したくない時は武器を構えず、それぞれの得意分野の説法をしたりするそうだ。

先程の俺はそれを知らずに武器を構えたので、戦闘に至ってしまった訳だ。もう少し短絡的でなければ、話し合いで終わっていたらしい。

うーん、この辺りはもう少し情報収集しておくべきだったか。

土産を買いに立ち寄っただけだからと、情報収集を疎《おろそ》かにしたのが悔やまれる。

まあ、もう終わった話なのでそれはさて置き。

正直、俺は【使徒】である自覚が薄い。記憶がまだ完全ではないので、どの【神】から【加護】を与えられたのかハッキリとしないからだろう。

ともあれ、【加護】は非常に強力らしいので、早く思い出したいものである。

《マドラレン宣教都》を出るまでは【使徒】である自覚を持って活動した方が無難だろう。

ちなみに【使徒】だと判断した理由を聞けば、黒い肌とそこに刻まれた紋様、あとは独特な雰囲気などから、本能で理解したそうだ。

《マドラレン宣教都》在住の【使徒】は知れ渡っているので、俺が外からやってきた新顔の【使徒】である事も分かったらしい。

死霊鬼達は既に他の【使徒】には挑んだ事があった為、こうして挑みに来たそうな。

今回は俺が勝ち、たまたま殺していないが、死んだらどうするんだと聞いてみると、その場合は『殉教になります』と返ってきた。

そう言い切った死霊鬼達の瞳は、生涯を捧げ、死すら信仰となる敬虔《けいけん》な信者のモノだった。

明日には出発するので、これも良い経験だったと思う事にした。

とりあえず八鬼全員を起こし、飯を喰いに行く。

地元民なら美味い飯を知っているだろうと思って案内させたが、それは正解だったらしい。

知る人ぞ知る隠れた名店に案内してくれたので、仲良く酒を酌《く》み交わす。

鬼種のコミュニケーションには、やはり美味い酒が重要らしい。

《六十五日目》／《百六■五■目》

今日は《自由商都セクトリアード》に戻るつもりだったが、黒い雲が空を覆い、土砂降りの雨が降っていたので断念した。

仕方ないので、早朝に室内で簡単な筋トレを行った後、シャワーを浴びて汗を流す。

それから朝飯を喰いに食堂に向かい、美味しく頂いた。

メニューは、甘辛いスプレッドを塗ったトーストと、半熟卵が乗ったサラダ、そしてコーヒーに似たドリンクだった。

これは宿泊代に含まれる基本的なメニューで、一般的な朝食としては十分な量があっただろうが、俺には足りなかったので追加で肉料理もつける。

宿は高額なところを選んでいるので、料理人の腕もいいのだろう。一つひとつが丁寧に仕込まれ、どれも美味しかった。

満足して食べ終え、さてあとは何をしようかと考えていると、一人の老人が近づいてきた。

老人はどこぞの【神】に仕える神官なのか、特殊な紋様が施された質のいい神官服を着ていた。

ヒトを引き付ける特別な雰囲気を身に纏い、深い皺《しわ》のある顔に穏やかな笑みを浮かべているので、いかにも好々爺《こうこうや》といった第一印象だ。

ただ、微笑みつつもその青い瞳はこちらを冷静に観察している。

狐や狸の類だろうか。油断はしない方がいい相手だと、経験から理解した。

そんな老人が相席してもいいかと聞いてきたので、頷いて着席を促す。

老人は、俺が食堂に来た時から既にいた客の一人だ。

何かを飲みながら食堂全体を何気なく観察していて、俺が喰っている時からこちらに意識を向けていたのは知っていた。

となれば何か用事があるのだろうと推察するのは簡単だったし、実際に接触してきたのなら、その用事が何なのか気になるのは当然だろう。

敵意は無いようなので、こちらも構えずに簡単な世間話を交わし、しばらくして本題に入った。

簡潔に言えば、老人は【記録の神】の【使徒】だった。

《マドラレン宣教都》を拠点とする【使徒】の中でも古株で、普段はあらゆる情報が集まり記録されている《ヌゥベル大図書神殿》にいる有名人だそうだ。

昨日の死霊鬼から【使徒】関連の情報を聞いていたので、老人が本物である事は間違いない。

そんな老人——とりあえず使徒老人としよう——が一体何の用なのか、と小首を傾げると、『良ければ《天秤の調和塔《アドラム・ベルフーカ》》についてお話できれば』と言われた。

それに俺は、なるほど、と納得する。

天秤塔は【エリアレイドボス】の一柱である古代爆雷制調天帝〝アストラキウム〟がいる場所として知られている。

【エリアレイドボス】は【使徒】と同じように、あるいはそれ以上に【神々】の【恩恵】が与えられた存在だろうから、それに関係する情報は僅かな事であっても貴重だ。

きっと誰もが是が非でも知りたいに違いない。ましてや【記録の神】の【使徒】ならば、未知の情報が少しでもあるなら記録したいのだろう。

そして俺は、天秤塔で得たドロップアイテムを結構な量、売っている。

それらは手持ちの中だと質の低い下層のドロップアイテムが多いとはいえ、中には上層で高品質のモノも交ざっていた。

使徒老人ならば独自の情報網を持っているだろうし、商会が情報を売り込んだ可能性もある。

どうであるにしろ、使徒老人は俺が上層に到達したと判断したに違いない。

使徒老人が直接来たのは、誠意の現れなのだろうか。

俺は少し返事を保留し、コーヒーに似たドリンクを飲みつつ損得をあれこれ考えて、結局話す事に決めた。

俺の当面の目標は【エリアレイドボス】の討伐だ。

そのうちの一体を倒すと記憶が戻り、肉体の変化があった事からして、奴らと俺の間に重大な関係がある事は明白。

そんな【エリアレイドボス】についてより多くを知る事ができれば、今後の行動に選択肢を多く持てる。

大雨で身動きの取れない一日になりそうだった事もあり、有意義な暇潰しができそうだった。

食堂ではどこかに話が漏れそうなので自分の部屋に招き、話し続けていると昼を過ぎ、やがて夕方になった。

まだ信用が足りないので天秤塔の上層の話までで止めたが、それでも対価として教えてもらった情報はどれも有用で、お互いにとって有意義な時間だっただろう。

しかし今日は、使徒老人にどうしても外せない用事が待っているそうで、夕食前に帰る必要があった。

俺としてはまだまだ知りたい情報が多く、使徒老人も俺についてまだまだ興味が尽きないが、従者が迎えに来たので、今日はここまで。

さてどうするかと思っていると、使徒老人によると明日も大雨で、明後日には快晴だそうだ。

なら丁度いいと、明日も来てもらう事にした。

　《自由商都セクトリアード》に戻るのは明後日になりそうだ。

《六十六日目》／《百六[redacted]六[redacted]目》

　情報通り、今日も大雨が続いている。

　ただその勢いは昨日と比べて弱まっているようにも感じるので、今日の夜遅くには上がるかもしれない。

　ともあれ、昨日と同じく早朝の筋トレ後にシャワーを浴び、食堂で料理を楽しむ。

　それが終わると使徒老人がやってきたので、また部屋に招いた。

　また天秤塔についてあれこれ話し、昼頃になると飯を喰いに食堂へ向かう。

　食堂では一緒に食事をとりつつ美味い酒についてなど普通の話題で盛り上がり、また部屋に戻ってからは、天秤塔の最上階付近で得られる極上の迷宮酒を楽しみながら、話を続けた。

　そして欲しい情報がほぼ聞けた頃。

　美味い酒を呑んで気分が良くなっていたし、使徒老人の人格をある程度把握したので、俺は古代爆雷制調天帝〝アストラキウム〟について話してみる気になった。

　知りたいかと聞いてみると、使徒老人は興味津々な様子で首を縦に振る。

　話をするにしてももちろん無償ではなく、使徒老人が持つ【エリアレイドボス】に関する重大な情報を対価にしてもらった。

強大な【エリアレイドボス】に挑む者はそれなりにいるが、生きて帰還できる者はごく僅かと言われている。

その数少ない生存者も、詳細を語らない、あるいは語れない場合が多い為、詳しい情報を知る者は限られている。

しかし、【記録の神】の【使徒】である使徒老人の脳内には、【加護】と努力により、本にして数十万冊に及ぶ記録が秘められているらしい。

当然その中には、【エリアレイドボス】本体に関する記録もある。

もちろん一般的に知られている情報だけでなく、長い歴史の中で蓄積された、より詳細な情報だ。

それを開示してもらうには、生半可な情報では対価にならない。それこそ、同格の【エリアレイドボス】の情報が必要となる。

だから、まず俺から話す必要があった。

俺が〝アストラキウム〟を討伐した事の証明として、その肉体の一部などを提示した効果もあり、スムーズに互いが持っている情報を交換し合った。

俺からは〝アストラキウム〟の各種能力や戦闘スタイルをはじめ肉体の味など、感じた事知った事の全てを話した。

〝アストラキウム〟は【エリアレイドボス】の中でも情報が少なかったらしく、使徒老人は食い入るように聞いていた。

味の話をした時には、何を言っているのか分からないというキョトンとした顔だったのが印象的である。

そして、俺が使徒老人から得た情報には、今後の攻略の参考になるモノが多く含まれていた。

過去に討伐記録がある【エリアレイドボス】もいるようなので、戦闘時には大いに助けとなるだろう。

ただ、その中でも特に気になる情報があった。

何やら、最近になって〝アストラキウム〟以外に【エリアレイドボス】が二柱も立て続けに倒されているそうだ。

一柱は巨人王の支配地域の近くに棲む古代絶界蛇龍覇王〝ミルガルオルム〟。

一柱は地下深くに存在して呪詛を撒く古代守護呪恩宝王〝ファブニリプガン〟。

これほどの短期間で三柱も【エリアレイドボス】が討伐されるのは異常事態であり、この事はまだ広く知られてはいないが、何かが起きているのは間違いないらしい。

使徒老人が俺に接触してきたのも、何かしらの異常が起きているのではないかと調べていたのが理由の一つらしい。

『何が起きているんじゃろうなぁ……』と思案する使徒老人を横目に、俺は何となく思うのだ。

俺が目覚めた祭壇。あれは〝ファブニリプガン〟の祭壇なのではないだろうか、と。

祭壇を喰った時にラーニングしたアビリティの一つに、【宝王の祭壇】がある。

名称からして古代守護呪恩宝王〝ファブニリプガン〟との因果関係を感じさせるには十分だ。

肝心の記憶はないが、〝ミルガルオルム〟も俺が倒したのかもしれない。

何度も思うが、早く記憶を取り戻す為にも、残る【エリアレイドボス】の討伐は急いだ方が良さそうだ。

《六十七日目》／《百六■七■目》

使徒老人の情報通り、今日は朝から青空が広がる快晴となった。

使徒老人との別れは昨日のうちに済ませているので、ずっと宿の獣舎で寝ていた為か元気が有り余っている灰銀狼に跨り、朝日に照らされる大地を駆ける。

まるで風となったかのような爽快感と共に、景色は高速で後方へと過ぎ去っていった。

《自由商都セクトリアード》への帰路については特に語る事も無い。

灰銀狼は【ゴーレムクラート】よりも遥かに速く、荒れ地でも何ら問題なく踏破していく機動性がある。

それに進路上にモンスターがいても瞬殺してしまう高い戦闘能力は、途中の《雷雨草原》でも大いに発揮された。

前来た時に討伐して喰った、【ゴーレムトラック】のような大きさのあの黒い牛型モンスターがまたいたのだが、高速で近づいた灰銀狼の爪牙によって呆気なく解体された。

その他にもモンスターを狩りまくり、合わせて一時間とかかっていないのに戦果の山が築かれている。

もちろん有難く回収し、帰路を進んだ。見覚えのある風景が過ぎ去り、目的地に近づいているのが分かる。

何となく、往きは下道を走り、帰りは高速道路を走っているような感覚だった。

多少長めの道程ながら最短距離で進めていて、今のペースなら夜には《自由商都セクトリアード》に到着するだろう。

灰銀狼はある程度方向を示すだけで勝手に進んでくれるので、特にやる事もない。

灰銀狼が仕留めた馬系モンスターの足肉を齧りつつ、今後の予定を考える。

帰ったらとりあえず、蟻人少年達に任せておいた店の状況を確認して、お土産を配布する。

それから、最近討伐された三柱以外で最も近くに存在が確認されている【エリアレイドボス】――【歴史の神】に選ばれた古代過去因果時帝〝ビストクロック〟に挑む為の準備を始める。

しかし、今の状態で勝てるだろうか。

挑むのは確定しているが、その辺りは少し不安である。

少し何処かで鍛錬できればいいのだが。

ちなみに予想通り夜には帰り着く事ができたが、以前は人間だった俺が【黒小鬼王】になっていたせいで蟻人少年達に警戒されてしまった。

なので朱槍と【ゴーレムクラート】を取り出し、決めてあった合言葉で本人確認をする羽目に。

無駄な苦労は、酒を呑んで忘れるとしよう。

《六十八日目》／《百六[redacted]八[redacted]目》

今日は朝から事務仕事をする事にした。

蟻人少年達に俺が不在の間の出来事を聞いて書類を確認したところ、《朱酒槍《ドランクランス》商会》の事業は順調のようだ。

機を見るに敏《びん》な商人の都市だからだろう、有用だと判断された【ゴーレムトラック】の需要は右肩上がりになっている。

契約する商会が増えて急成長するに伴い、従業員は皆忙しそうに動き回っているが、今は集中できる仕事があるからか以前よりも明るい表情を浮かべるようになった。

辛《つら》い事のあった過去を、どうにか乗り越えられそうである。

そんな訳で事業は順調だが、油断しては駄目だ。

生き馬の目を抜くような歴戦の商人が溢れているここでは、驕《おご》れば即座に出し抜かれるかもしれない。

だから改善点は無いかと要望書などに目を通していくと、長距離輸送をしてほしいという声が多いようだ。

街道状況の悪さや安全性の問題などが理由で、今はまだ都市内を中心に運搬している。

いずれはもっと遠方まで伸ばす予定だが、現時点だと将来の構想として考えていた程度でしかない。

資金も権力も繋がりもまだまだ薄い現状では、【ゴーレムトラック】が通る街道の整備などを実現するには、幾つもの大きなハードルがあるからだ。

しかしこれほど要望の声が多いとなると、本気で動けばやり方次第でできなくもないだろう。

街道を整備するのに出資を募れば、出来た街道は他の商人も有意義に使えるし、材料の調達などで稼ぐ機会が増えれば味方も増えるだろう。

だがそれでも、俺達が先頭に立ってやるには賭けの要素が強すぎる事に変わりない。

となると、まずは街道整備や治安維持に関してだけでも、《自由商都セクトリアード》の大きな流れを掌握している【商会連合】を巻き込んで公共事業にしてしまうのが現実的だろうか。

責任や設備代などは【商会連合】に押しつけ、俺達は発足人として政策委員会とかで議席を確保すればいい。

あるいは物資運搬などの根っこに深く食い込めれば、長期的な利権に食い込む事も十分可能だろう。

頂点に立つよりも、程々の地位を確保し、それなり以上の額を継続的に稼ぐ方が楽だ。

影が薄ければ怨みを買いにくいし、いざとなれば離脱して別の者に任せる事もできるだろう。

参加する事で得られる利益も大事だが、撤退する時の苦難も合わせて考えれば、それが良さそうだ。

方針が決まれば後は動くだけだ。

とりあえず【商会連合】を構成する【七大商会】の一つであり、主に木材や鉱物などを取り扱う商会の纏め役を担う《グレンバー・オブレイア》に接触しよう。

他の【七大商会】にも接触はするが、街道の整備に必要な建材を確保する為にも、まずここは絶対に抑えておく必要がある。

普通ならまず接触する事自体が大変なのだが、運が良い事に《グレンバー・オブレイア》ならば仲介をしてくれそうな人員に心当たりがある。他の【七大商会】よりも難度は下げられそうだ。

明日からまた少し忙しくなりそうだが、一つひとつ解決していこうと思う。

溜まっていた書類仕事を丁寧に素早く終わらせ、夕方には、仕事を終えて帰ってきた従業員達を出迎えるべく料理をした。

料理の素材を様々なモンスターや高価な野菜などにしたら、皆非常に喜んでくれた。

メインは黒牛モンスターの肉で、美味しさのあまり叫ぶ者も出たほどである。

もちろん、酒も忘れてはならない。

極上の迷宮酒を皆に振舞い、明日の英気を養った。

やっぱり仕事終わりの酒は美味いものである。

《六十九日目》／《百六■九■目》

今日は朝から情報収集などのあれこれをやった結果、どうやら明日、我が《朱酒槍商会《ドランクランス》》の取引先である《アドーラアドラ鉱物店》三代目女商会長の屋敷で交流会が行われるようだと判明した。

しかもその交流会には、俺が接触したいと思っている《グレンバー・オブレイア》の商会長まで出席するらしい。

俺が不在の時に招待状が届いていたらしいのだが、書類の山に紛れてしまっていた。

無事発掘できたが、招待状を見つけるのがもっと遅ければ、非常に勿体ない事になっていただろう。

開催前日のギリギリになったが、参加する意思を伝える手紙を蟻人少年に運んでもらった。

その間に、俺達は細々とした準備を進めた。

調べたところ、交流会に出席するにもドレスコードがあるらしい。

今からだとオーダーメイドは間に合わないので、高級服屋に行って既製品の中から俺と同行する肉袋青年に合うモノを購入した。

他にも、あれこれ工作する時に使う実弾を用意したり、参加する商会の情報を纏めたりと忙しい。

幸い、普段から小型ゴーレムによって様々な情報の収集を進めている。

それなり以上の規模がある商会の経済状況や弱みなどがある程度判明していたので、それに合わせた対策を用意する事ができた。

バタバタしたが、明日の準備は着々と進んでいる。

計画を成功させるには、やはりこういった下準備が必要だ。

《七十日目》／《百七■■目》

朝は普通に仕事をこなす。

日々増える書類の山を消化しつつ、事務系の人員教育も同時に行った。

今回は、思考速度や記憶力を引き上げる天秤塔産の設置型マジックアイテムを使用した事もあり、従業員達の成長は著しい。

早く俺に楽をさせてくれ、と激励しつつ邁進《まいしん》する。

そして夕方になると、秘書を務める肉袋青年を伴い、正装してから【ゴーレムトラック】に乗って《アドーラアドラ鉱物店》の三代目女商会長の屋敷に向かった。

高い壁と生い茂る樹木に囲まれた屋敷に着き、屈強な門番の一人に招待状を提示して重厚な門を潜ると、まず立派な庭があった。

屋敷へ続く道が真ん中にある庭はよく手入れされ、浮遊石による立体的なオブジェクトなどが幾つも設置されていて、現代アートの展覧会に来たような感覚になる。

更に進んだ先には白銀の屋敷があった。

優れた建築家によって設計されたのだろう。派手すぎず品よく調和のとれた洋館だ。

建築様式はかなり古めかしく、老舗である《アドーラアドラ鉱物店》が積み上げてきた長い歴史を感じられた。

【ゴーレムトラック】を進めて屋敷に近づくと、立派な玄関の前で数台の馬車が列になり、賓客達を下ろしている。

それに倣って俺も列に並び、順番が来たので降りると、よく教育された使用人の青年がやってきた。彼が案内してくれるらしい。

他の使用人が【ゴーレムトラック】を専用の駐車スペースに移動させようとしたので、制限を一部解除して一時的に誰でも動かせるようにした。

去っていく【ゴーレムトラック】を見送り、案内してくれる使用人の後ろをついていく。

案内された場所は、軽く数百名を収容できる大ホールだった。

今回の交流会は立食パーティー形式らしく、既にそこそこの数の商会長や幹部が酒を片手に談笑している。

俺もそこに混ざって周囲の参加者の顔を覚えていると、一際多くのヒトが集まっている場所で女商会長を見つけた。

彼女は今日のホストとして、来客と積極的に話しているようだ。

少し待ち、客が途切れたところで話しかけると、女商会長は俺を見て首を傾げ、次に肉袋青年を見て更に怪訝な表情を浮かべる。

まるで招待した覚えのない客を見たような反応だ。

まあ、それも仕方ない。

俺は【黒小鬼王】に変わっているので、分からないのも当然だろう。

そんな女商会長だが、流石に場数を踏んでいるだけの事はあった。

動揺を見せたのも最初の僅かな間だけで、会話の中で俺が誰なのかという情報を引き出そうとし始める。

その辺りは手短に説明して、俺について理解してもらった。

こうなった理由は分からなくても、誰かは分かったようで、今はそれで十分だろう。

俺は後でもう一度話したいと約束をして、交流会の中をまた泳ぎ出した。

俺の今夜の本命が《グレンバー・オブレイア》の商会長である事には違いないが、他の参加者でも重要な客になる。

これを機会に今後の交流を図って損はない。今現在の取引先もいるので、挨拶はしておくべきだろう。

そうしてあれこれ話しながら複数人と接触していったが、反応は人それぞれだ。

不快な反応もあれば良好な反応もある。

そのどちらにしても有意義な時間を過ごしたところで、少し遅れて今回の本命である商会長がやってきた。

身長は低いながらも、太い手足に樽のような胴体。質の良い服の上からでも分かる筋肉の鎧を身に纏い、火に焼けたような浅黒い肌、立派な顎髭《あごひげ》が特徴の、典型的なドワーフだ。

半裸で金槌を担いで鋼《はがね》を打っていても違和感がないほど、商人よりも職人といった方が似合う雰囲気を身に纏っている。

そんなドワーフ商会長は巨大ジョッキを片手に、挨拶しに来る多くの商人を適切に受け流していく。

通例なのか、その一人ひとりのグラスに火酒を注《つ》ぎ、また自分にも並々と注《そそ》ぎ、それを気分良さそうに豪快に呑み干している。

火酒は相当アルコール度数が高いのだろう、一杯でふらつく者、何とか呑んだものの顔を青くして壁際のソファや椅子に避難している者もいる。

少し観察して分かった傾向として、ドワーフ商会長と酌み交わす量が多ければ多いほど気に入られるようだ。

例外もあるが、それはドワーフ商会長の好みに合うらしい女性である場合がほとんどである。

ともあれ、酒好きなのは非常に都合が良かった。

俺はドワーフ商会長と同じくらいの巨大ジョッキを手にして、笑みを浮かべながら挨拶に向かう。

ドワーフ商会長は豪快な性格らしく、たびたびガハハと大声で笑っている。人当たりが良く、少し抜けているところもある、気さくな印象だ。

ただし、そんな表面に隠された裏側はとても強《したた》かであるようだ。

口も目も笑っているが、その奥底ではヒトを値踏みしているのが何となく分かる。

俺が近づいた時も好意的に受け入れてくれたが、初対面という事もあって、他の客相手の時より観察の度合いが強い。

そんなドワーフ商会長と俺は、呑み比べをする事になった。

切っ掛けは、俺が火酒をジョッキで一気呑みしたからだ。

俺が呑める方だと分かったからか、ドワーフ商会長の方からそんな話を出してきたので、もちろんこっちも乗った訳だ。

喉が焼けるような火酒を自分と同じように呑める奴は久しぶりだ、とドワーフ商会長は嬉しそうにしている。

テーブルの一つを借り、ドワーフ商会長が収納系マジックアイテムから火酒入りの樽を取り出す。

匂いだけで酔いそうなほどの酒精に満ちる火酒に、俺は思わず笑みを浮かべた後、ドワーフ商会長と交互に呑み始めた。

個人的には、思惑抜きで楽しい時間だった。

女商会長が用意していた料理をツマミに、火酒入りの樽は一つ目から三つ目までが軽く呑み干され、四つ目は顔が赤らんだドワーフ商会長が何とか呑みきり、五つ目の大半は俺が呑んだ。

呑み比べは俺の勝ちで終わり、酒豪のドワーフ商会長が初めて落ちた、と周囲も盛り上がる。

ただ、呑めば自然と尿意も溜まり、自然と仲良くなったドワーフ商会長のふらつきを支えながらトイレに向かう。

そこでお互いに出すモノを出し、スッキリしたところで、少し夜風を浴びて火照《ほて》った身体を冷ます。

その際、また今度プライベートで呑もうと誘われたので、有難く約束を取り付けた。

そして、これが酒の席の話として無効にならないよう、記念に天秤塔で得た大理石のような岩石と、最上階付近でしかドロップしなかった迷宮酒入りの布袋型収納系マジックアイテムを渡した。

元々手土産にしようと用意しておいた品だが、これ以上ないタイミングで渡せたのではないだろうか。

どちらも非常に希少価値が高く、買おうと思って買える品ではない。

個人的に仲良くなったタイミングで渡せたので友好の証になるし、正気に戻って気づいた時に遅れてやってくる衝撃は印象に強く残る。

より俺の計画の話に移りやすくなるアピールにもなっただろう。

会場に戻ってからもあれこれ話しているうちに、時間になったのでお開きになる。

目的は完遂できたし、ドワーフ商会長とのやり取りで、他の商会長達にも俺の存在を印象づけられた。

今夜は大成功だ。

最後に、女商会長に商談があるからと明日も会う約束をして、帰って寝た。

《七十一日目》／《百七■一■日目》

他人を計画に巻き込むには、話に乗れば利益が出そうだと思わせるだけの説得力が必要だ。

理想や夢を語るだけなら誰でもできるが、それだけでは口先に騙されたひと握りの人しかついてこない。

だから俺は早朝から事務机に着いて、街道整備に関する計画書を作成した。

情報不足もあって、この計画書の内容はまだ粗《あら》がある。今後細かい部分は変更する予定だが、それでもそれなりの説得力がある出来にはなった。

完璧ではないにせよ、最初の切っ掛けとしてはまあ、十分だろう。

完成した計画書の束は【ゴーレムコピー機】で刷り、穴を開けて紐を通して一つに纏めていく。

この【ゴーレムコピー機】は事務作業軽減の為に急造したモノだが、使っているインクも紙も比較的安く買える市販品なので、補充は簡単だ。機能がコピーだけなので構造も単純で、量産も楽にできる。

必要に迫られて作ったにしては需要が多そうなので、これも今後の商品ラインナップに入れるかと思いつつ、その他にも色々な用意を進めた。

昼になったので飯を喰い、女商会長と取り交わした約束の時間に間に合うように【ゴーレムトラック】に乗って出発する。

今後も色々とやってもらう予定の肉袋青年と共に向かうのは、昨日行った屋敷ではなく、《アドーラアドラ鉱物店》本店の方だ。

本店は三階建てのかなり立派な建物だった。敷地面積も広く、建材は岩石をメインに使っているので、重厚な城塞のような印象を受ける。

それに歴史の長い商会だけあって、独特の貫禄がある。

少し外から眺めていると、忙しなく出入りする多くの客が自然と目に入った。

高品質の商品を仕入れに来たのだろう商人だけでなく、ドワーフのような鍛冶職人や不健康そうな研究者も多い。貴重な鉱物を手に入れるのに適している商会なので、直接仕入れに来たのだろう。

まあ、これは知ったところでどうでもいい情報か。

観察を終えて店の中に入り、笑みを浮かべて受付嬢に来訪理由を告げる。

事前に約束していたので話はスムーズだったが、面会の時間にはまだ少し早かった。

女商会長は今日も忙しくしているらしく、奥の部屋で少し待っていてほしいと言われたが、折角なので店内を見て回る事にした。

すると、美人な受付嬢の一人が傍に来た。どうやら色々と説明してくれるらしい。

それに感謝しつつ、何百種類も展示されている商品の一画に向かった。

商品は魔法金属の類が多いが、直接触れると危険な物も含まれている為、特殊な箱に入れられていた。

その箱には、入っている魔法金属の名称、採掘された産地、そして価格の三つだけが簡潔に書かれている。

この店に来るような者はそれぞれ知識があるので、実物と最低限の情報さえあれば問題ないらしく、俺以外の客は黙々と品定めしていた。

一応、従業員に聞けば詳細な情報を教えてくれるらしいので、せっかくだから俺は一緒についてきてくれている受付嬢にお願いしてみた。

すると受付嬢は聞き心地のいい声で一つひとつ丁寧に説明してくれただけでなく、合間に小話も挟んでくれて、とても会話が弾んだ。

気がつけば、俺も何種類かの商品を買っていた。今すぐ必要かと言われれば小首を傾げるラインナップかもしれないが、どれも持っていれば便利な物だ。他で買うよりも安かったし、希少品なのは確かなので次の機会がある保証もないから、買って損ではない。

しかしなるほど、受付嬢は商売上手らしい。話しているとついつい財布の紐が緩んでしまう。

少し反省しつつも買い物を続けていると、別の従業員がやってきた。

どうやら女商会長の準備ができたらしい。知らないうちにそれなりの時間が過ぎていたようだ。

そして女商会長のところには、商売上手な受付嬢が案内してくれた。

店舗の奥へと進み、しばらく歩くと、とある部屋の前に到着した。

受付嬢が声をかけて入室の許可をとり、扉を開けてくれたので、中に入る。

ここはどうやら応接室になっているらしい。

ゆったりとくつろげる広さがあり、高級そうなソファやテーブルなどが配置されている。壁には絵画が飾られ、天井の照明が柔らかい光を発していた。

品の良さが感じられる応接室には既に女商会長が待っていて、その傍らには冷たい印象を受ける美人な女秘書もいる。

簡単に挨拶を交わしてソファに座り、まずは少し世間話をした。

その際、俺が【黒小鬼王】になっていた件について突っ込まれたが、それは仕方がないだろう。

俺だって女商会長の立場だったら同じ事をしていたはずだ。

しかし、原因に【エリアレイドボス】という心当たりがあるとはいえ、わざわざ詳細に説明するような話ではない。女商会長との関係はそこまで深い訳でもないのだから、猶更《なおさら》だ。

色々あってこうなっていた、という説明だけで通し、話題逸らしに小旅行の土産として迷宮酒を渡す。そして一緒に取り出した計画書を提示して、今日の本題である商談を開始した。

そこから紆余曲折もあったが、結果として商談は上手くいき、女商会長は今回の計画の協力者になった。

街道の整備に使う建材などは女商会長が取り扱う商品なので、上手くやればかなりの利益になる事が、参加理由として大きいはずだ。

それに街道はあれば便利だし、利権にも繋がる。加えて、作業の過程でも色々と得られるモノは多いと判断したのだろう。

互いに必要な契約書に署名し、今後の予定などの話を纏めていく。

俺と女商会長は何だかんだ言いながら強かな笑みを浮かべ、美味い酒を酌み交わした。

ちなみに、女商会長からの情報提供で計画書をより詳細なモノに仕立て上げる事ができた。

区切りがいいところで、今日は解散となった。

外に出ると既に日は暮れ、夜の街並みがお目見えしている。

思った以上に時間が過ぎてしまった。ずっと隣で話を聞いて秘書役を務めていた肉袋青年も疲れたらしく、肩を軽く回してコリをほぐしていた。

肉袋青年には今後も似たような事をしてもらうので、慣れてもらうしかない。

ともあれ、帰ってから拠点で晩飯を喰った。

この前のお土産はまだ多く残っていて、豪勢な飯を皆美味しそうに喰っている。

仕事の疲れもあるのだろう、会話しながらでもその手が止まる事はない。

まだ仕事中の従業員もいるし、そいつらの分は新しく作る必要がありそうだ。

《七十二日目》／《百七■二■目》

日課である朝の訓練を終えた後、事務仕事をこなしていく。

様々な書類を処理していると、色々と見えてくるものがある。

業績が右肩上がりである現在、運搬依頼がかなり増えている。

今は何とか回せているが、そろそろマンパワー的な問題で断らざるを得ない依頼も出てきそうなので、今後俺が不在の時も対処できるように早めに対策を立てておきたかった。

運搬に使う【ゴーレムトラック】の量産は簡単だ。

素材を用意して施設に放り込んでおけば、後は自動的に組み立てられる体制が完成している。

しかし、今はそれを操る人材が足りない。

操作は簡単なので教えれば誰でもできるが、信頼できない人材を取り込むと余計なトラブルの種になるのは明白だ。

俺達が上手く纏まっている理由は、俺が蟻人少年や肉袋青年を助けた恩人であり、彼らが同じ境遇だったという共感と絆が根底にある。

そこによく分からない存在が紛れ込んだら、上手くいかないかもしれない。

まだ心の傷が癒えていない従業員も多い。仕事に打ち込む事で気を紛らわせている部分もあるので、その辺りが治る前に新しいトラブルを呼び込むのは避けるべきだ。仕事相手として接するならともかく、身内にするとなるとハードルが高い。

しかし事業拡大には人材がいる。

街道整備計画では【ゴーレムトラック】による運搬が重要な要素であるので、ここを手抜きにはできなかった。

一応、自律行動させるという手段もあるが、想定していない状況になった場合に何が起こるか分からない不安が残る。

トラブルがあっても自分で対処法を考え、命令を完遂できるような自我を持つゴーレムの製造に挑戦してもいいかもしれない。

そっちの開発は進めていくが、成功するか分からないし、成功するとしてもどれだけ時間が必要になるのか分からないので、現状での解決策としてはちょっと厳しい。

となると、身内ではない仕事仲間として、奴隷などの契約で縛られた人材を考えるべきではないだろうか。

奴隷といっても、ここでは自分を買い戻せる額を稼げば自由になれるので、不当に扱わなければ真面目に働いてくれる。

それに、事業失敗からの破産というパターンで奴隷になっている商人の技能保有者もいる。素人が多いウチでは、事務仕事の経験を持つ者がいるのはプラスになるのではないだろうか。

まあ、破産して奴隷になった商人がどれほど役に立つのか、不安な面もあるのだが。

さてどうするかと悩んでいる間に時は過ぎ、太陽が沈む夕方頃、拠点に一台の大型【ゴーレムトラック】が戻ってくるのが窓から見えた。

車体のナンバープレートから、今朝送り出した男性従業員のものである事が分かった。

彼の仕事は、少し離れた山の麓《ふもと》にある農村で採れた大量の農産物を受け取って戻ってくるという、簡単なものだ。

似たような仕事は多く、特に危険は無いはずだったのだが、しかし帰ってきた【ゴーレムトラック】の姿は無残なモノだった。

車体には大小無数の傷があり、荷台の屋根は爪か何かで強引にもぎ取られて破壊され、側面には超高温で焼かれたのか溶解している部分もある。

明らかに何かに襲撃された痕《あと》だった。それも、【ゴーレムトラック】の自衛機能を突破し、大破状態にまで追い込むほどの強者による襲撃だ。

荷台に載せたはずの農産物がどうなったかは一先ず置いといて、俺は部屋の窓を開け、最短距離で向かった。

運転席に走り寄ると、頭をハンドルに預け、グッタリと項垂《うなだ》れている男性従業員の姿があった。

幸い、血の匂いはしない。被害は男性従業員までは及ばなかったようだ。襲撃されたとはいえ、人的被害が軽く済んだのは不幸中の幸いだった。

とりあえず男性従業員を運転席から出して担ぎ、介抱するべく拠点の中に運ぶ。

さっさと回復させて、詳しく事情を聞かねば。

《七十三日目》／《百七■三■目》

運良く怪我は無く、男性従業員は今日の朝には復活したので、話を聞いた。

証言の裏付けの為に、大破した【ゴーレムトラック】の操縦状況が記録されたブラックボックスまで開いて徹底的に調べた結果、襲撃犯はすぐに分かった。

襲撃してきたのは〝ヴォルドラム・レックス〟という、銀灰色の外皮で覆われたティラノサウルスに酷似したモンスターだった。

地竜種に分類される非常に強力なモンスターで、生態系の上位に位置する捕食者である。

映像を確認すると、【ゴーレムトラック】では防ぐ事ができないほど攻撃力が高く、反撃は堅牢極まりない皮膚に阻まれてほとんど通じていなかった。

彼我の戦闘能力の差が激しすぎて、遭遇した時点で【ゴーレムトラック】が選べたのは逃げる事だけだ。

幸い、走行速度と継続移動能力の面では【ゴーレムトラック】が勝《まさ》っているようなので、開けた場所だったならもっと被害を抑えられただろう。

しかし襲撃地点は、荷物を受け取った農村から《自由商都セクトリアード》に帰還する途中の、丁度〝ヴォルドラム・レックス〟が生息する森の近くにある荒れ地だった。

地面の状況が悪く、速度を出すにも限度があったせいで、ギリギリの逃走劇になったようだ。

そして逃走にこそ成功したものの、結果としては【ゴーレムトラック】の大破と、荷台の農産物を〝ヴォルドラム・レックス〟に喰われるという散々な現実が残った。

森の深部に生息しているはずの〝ヴォルドラム・レックス〟と遭遇するなど、男性従業員は非常に運が悪かったが、ともあれ無事生還できたのは不幸中の幸いだった。

また同じ事が無いように【ゴーレムトラック】を改修しておくべきだろう。

と、そこで話が終わったら良かったのだが、そうはいかなかった。

荷台に残っていた農産物の残骸の一つを喰ってみると、天然物にはありえない混ぜ物の味がしたのだ。ある種の興奮剤か錯乱剤に近い味だった。

気になったので、壁や床に残る臭いを【警察犬の嗅覚】で丹念に嗅ぐと、〝ヴォルドラム・レックス〟の強烈な唾液や口臭に混じり、微《かす》かに甘い匂いがあった。

何かしらのフェロモンだろうか。

改めてブラックボックスの映像を解析したところ、森から木々を粉砕しながら出てきた〝ヴォルドラム・レックス〟は、最初何かに誘われているような様子でふらりと現れていた。そして【ゴーレムトラック】を見て狩人へと変貌している。

その事から、農産物に〝ヴォルドラム・レックス〟を引き寄せる何かが混ざっていたのではないか？と疑問を抱いた俺は、偵察用ゴーレムで今回の取引先と農村の調査を開始した。

今回の襲撃は、背後に何かしらの意思が存在する可能性がある。

調査結果が出るまで少し時間がかかるが、何が原因なのか早く判明してほしいものだ。商売が上手くいっている現状、商売敵《しょうばいがたき》は一定数いるので、その関係かもしれない。

ともあれ、これからまずやる事は決まっている。

従業員に手を出した〝ヴォルドラム・レックス〟に、賠償金請求をするのだ。

今回の失敗は仕方ないとするにしても、損は出ている。荷物を駄目にしてしまった取引先に賠償金を払う必要があるからだ。交渉次第では減額できるかもしれないが、それでも幾分かは払わねばならないだろう。

だがそんな損も、〝ヴォルドラム・レックス〟の素材があれば十分カバーできる。

まあ、美味そうな相手だというのも狙う理由として大きいのだが。

それはともかく、色々と準備を整えてから灰銀狼の背に乗り、襲撃現場に向かった。

灰銀狼に揺られる事しばし。

一時間とせずに現場に到着した。

地面には【ゴーレムトラック】の轍《わだち》だけでなく、〝ヴォルドラム・レックス〟のモノらしき巨大な足跡が刻まれている。

また、森の一部は木々が薙ぎ倒されていた。そこを通って森に戻ったのだろう。

少し周囲を探索すると、銀灰色の何かが僅かに落ちていた。

拾ってよく見てみれば、何かの皮膚のようだ。少し舐めてから齧ってみると、煎餅《せんべい》のようにパリッとした音がする。

そして、金属と爬虫類の皮に濃厚な魔力を配合したような味。

この事から、これは〝ヴォルドラム・レックス〟のものと見ていいだろう。【ゴーレムトラック】の防衛機構によって体表が焙《あぶ》られたり多少傷ついたりしたはずなので、その時に散った表皮の一部かと思われる。

とりあえず灰銀狼に表皮と足跡の臭いを嗅がせ、追跡するように指示してみる。

灰銀狼は迷う事なく、森の木々が薙ぎ倒された真新しい獣道を進んでいった。

今日中に発見し、明日には討伐して帰りたいものだ。

《七十四日目》／《百七[redacted]四[redacted]目》

標的である〝ヴォルドラム・レックス〟は、昨日の昼前には見つける事ができた。

しかしひと目見た時点で、現状では正面からだと厳しい相手だと分かったので、すぐに襲撃はせずにしばらく尾行して、詳しく観察していった。

その結果、分かった事が幾つかある。

まず、〝ヴォルドラム・レックス〟は間違いなく強敵だという事だ。

少なくとも天秤塔の最上階に出てきた天騎士や悪魔に匹敵するだけの能力はあるだろう。

攻撃手段に搦め手の類は少なかったが、その分物理的な攻撃力と防御力が極めて高い。

今の俺では、攻撃が直撃したら即死しかねない。掠《かす》っただけでも大ダメージを受けるだろう。

真正面から挑むよりは、奇襲を仕掛けたり罠に嵌めたりした方が無難な相手だ。

次に、〝ヴォルドラム・レックス〟は獰猛な大食漢だった。

日中は森の中をうろつき、他のモンスターがいれば積極的に戦闘を仕掛け、その全てに勝利して大量の食料を貪《むさぼ》り喰う。

観察していた間、基本的には圧倒的な暴力による蹂躙を繰り返していたが、見所《みどころ》のある戦闘は二度あった。

一度目は、巨大な〝飛武猩々《アーディケル・オラウラン》〟の群れとの戦闘だ。

飛武猩々の大きさは六メートルほど。茶色い剛毛に覆われた赤い外殻を鎧のように纏い、太く大きな生体斧や生体槍で武装した類人猿の戦士である。

今回遭遇したのは、白い体毛が特徴的な個体に率いられた十二匹の群れで、まるで軍隊のように統率がとれていた。

モンスターの優れた身体能力、持ち主に合わせて成長する生体武器、三次元的な動きを可能にする森という環境、統率する者の力量など。総合的に見て、飛武猩々は生態系において上位に位置するだろう。

そんな飛武猩々に対し、〝ヴォルドラム・レックス〟は真正面から襲い掛かった。

生体斧で全身を攻撃されても、衝撃によろめくだけで痛むような仕草はあまりなく、投擲《とうてき》された生体槍は外皮を僅かに削って火花を散らすだけで弾かれた。

銀灰色の外皮の防御力の高さの前に、飛武猩々達は太刀打ちできず、圧倒的な暴力によって数が半分にまで減ったところで逃げていった。

結果的には蹂躙されたようなものだが、その他の獲物となったモンスターと比べれば、飛武猩々はかなり健闘していただろう。

二度目は、体長が四十メートルはあるだろう大蛇だった。

〝ゴールディン・パイソン〟というモンスターで、常に冷気を身に纏い、口から猛毒の凍結毒液を吐き出して獲物を仕留める森の暗殺者である。

森に入れるだけの力量がある者でも、こいつに遭遇したと気がつく前に氷像となって丸呑みにされるそうだ。

間違いなく強者だが、そんな〝ゴールディン・パイソン〟に対しても〝ヴォルドラム・レックス〟は躊躇《ちゅうちょ》なく襲い掛かった。

この時、面白い事が分かった。

最終的には〝ヴォルドラム・レックス〟が相手を喰い殺したが、〝ゴールディン・パイソン〟の凍結毒液がとてもよく効いたのだ。

【温度視認】で見れば、外皮は極寒の地に放置された金属のように冷え固まり、体温は急激に低下して身体の動きが目に見えて鈍くなっていた。

〝ヴォルドラム・レックス〟は物理的攻撃には強くても、氷結系の攻撃には弱いのかもしれない。

だから、俺は〝ヴォルドラム・レックス〟討伐に向けて次のような作戦を開始した。

まだ草木も眠る丑三《うしみ》つ時《どき》。

夜は体温が低下するからか、崖にある巨大な洞窟の奥で眠っている〝ヴォルドラム・レックス〟

に対し、まずは洞窟の入り口で下準備に入る。

最初に設置するのは一台の【サーキュレーターゴーレム】だ。

【サーキュレーターゴーレム】は直径一メートルほどの丸い輪から強弱自在に温冷いずれの風でも出せる機能を持ち、四脚で自走できるようにしてある。

私生活で役に立つ家電系ゴーレムの一種として製造したので、戦闘機能は元々持たせていなかった。が、今回は天秤塔上階に出現する植物系モンスターからドロップしたマジックアイテム【眠り誘う魔香炉】を組み合わせる事で、即席の睡眠誘導サーキュレーターとなっている。

【眠り誘う魔香炉】には対象を強制的に眠らせるような効果はないが、自然の眠りをより深くする事ができる。眠りが浅い者には有意義なマジックアイテムだ。

用途が限定的なので使いやすくはないものの、しかし今回のように、状況次第では色々悪さができる。

黒金の香炉から立ち上る少し甘い香りが【サーキュレーターゴーレム】の風によって送り出され、洞窟内にどんどん流れ込んでいく。

送風をしばらく続け、頃合いを見て一旦止め、耳を澄ませた。

洞窟の奥から僅かに、寝息らしき音が聞こえてくる。効果があったかどうかはさて置き、標的は眠っている。

そこで今度は、天秤塔最上階付近で手に入れた錫杖型マジックアイテム【凍てつく錫杖】を使用する。

【凍てつく錫杖】を簡単に説明すると、使用者の魔力を吸収し、極低温の凍結風を発生させるマジックアイテムだ。

事前に行った実験では、〝ゴールディン・パイソン〟の凍結毒液と同等程度の凍結効果が確認されたので、〝ヴォルドラム・レックス〟にも通用するだろう。

大量の魔力を練り上げ、【凍てつく錫杖】に叩き込み、その能力を発動させる。

錫杖頭にある十二の遊環《ゆかん》が青く発光し、魔力を帯びた凍結風が勢いよく発生して、洞窟内に充満していく。

発動してから五分も経過していないうちに、全身に倦怠感が出て、少しフラフラし始めた。体力と集中力が削られただけでなく、単純に寒さのせいで身体の動きも固くなる。

【凍てつく錫杖】は非常に強力なマジックアイテムなので、使用魔力量が非常に多く、今の俺ではこうなってしまうらしい。

しかしこの作戦で、そんな多少の不調も問題にならないくらいの結果を得る事ができた。

短時間の使用だったにもかかわらず、洞窟内は極寒の世界に変貌したのだ。

岩壁は氷で覆われ、業務用冷凍庫などよりも遙かに寒い。南極の最低記録よりも気温が低いかもしれない。

吐き出す呼気は白く染まり、逆に空気を吸い込むと肺が痛む。四肢が凍傷で腐り落ちてしまいかねないので、発熱系のアビリティで体温を維持する必要があった。

少しやりすぎた感も否めないが、相手が相手なので、安全の為にこれくらいは必要だろう。

厳重に寒さ対策をした後、意を決して洞窟内に足を踏み入れる。

洞窟は冷気と静謐が支配していた。どこか神秘的な空間であるが、長居したくはない。

小走りで進むと、少し奥まった場所に開けた空間があった。

そして、その中心で丸くなって眠っている〝ヴォルドラム・レックス〟を見つけた。

睡眠香の効果に加え、急速に低下した温度のせいで身体活動が停滞しているのだろうか。ここに来るまで極力気配を消していたとはいえ、近づいても全く反応がない。

よく見れば、外皮が氷で覆われて氷像のようになっていた。

少し手間をかけた結果は、どうやら想像以上に効果的だったようだ。

まだ魔力を感じるので死んではいないにせよ、これだけ活動が鈍化しているとなると、もはや冬眠状態に近い。

それならそれで都合がいいと思いつつ、俺は全身が冷たくなった〝ヴォルドラム・レックス〟の背中に乗り、そのまま硬く太い首に向けて朱槍を振った。

朱槍の斬れ味は相変わらず凄まじく、凍った外皮を問答無用で斬り裂いていく。

しかしこれだけの太さがあるだけに、一振り目は背骨や頸動脈などの致命的な部分を斬るだけで終わり、二振り目で首の三分の二以上を切断し、三振り目でようやく完璧に両断する事に成功する。

終わってみれば簡単な作業だった。

とりあえず狩った証拠として頭部は収納系マジックアイテムに放り込み、続いて売り払う用に胴体の外皮を剥ぎ取りにかかる。

そして残った肉や骨などは、洞窟の外に出てから全て美味しく頂いた。

丁度朝日が昇り始めた頃だったので、豪華な朝食だ。

〝ヴォルドラム・レックス〟の肉は歯ごたえがあり、噛めば噛むほどギュッと濃縮された旨味が溢れてきて、その美味しさに思わず溜息が漏れる。

［能力名【暴虐無尽の大食漢】のラーニング完了］
［能力名【銀灰の王竜皮】のラーニング完了］

朝日を浴びながら今日はこの後どうするかと少し考え、全身に活力が漲っている訳だし、少し狩りをしてから帰る事にした。

せっかくこんな場所に来たのだ、何か美味しい食材でも見つけるべきだろう。

とりあえず、洞窟内部と周辺に転がっていた、金属塊のような〝ヴォルドラム・レックス〟の脱皮した外皮の回収から始める。

薄くて硬く、独特な魔力を帯びた外皮は、一種の魔法金属と言えるだろうか。何かしらのマジックアイテムの素材になりそうだし、そのままでも高値で売れそうだ。

大量に採れたので少しつまみ喰いしてみると、煎餅みたいなパリッとした独特の食感に覚えがあった。やはり【ゴーレムトラック】の襲撃地点にあったのは〝ヴォルドラム・レックス〟外皮だったのだろう。

濃厚でありながらも後味はさっぱりしたもので、個人的に大好きである。

ついついそのまま食べすぎてしまいそうだったので、別の獲物を探す事で気を紛らわせるのだった。

《七十五日目》／《百七■五■目》

〝ヴォルドラム・レックス〟の肉を手土産に帰った昨日の夕食は盛り上がった。

美味い食事は活力に繋がる。

先の一件でどこか暗かった雰囲気も吹き飛び、今日は朝から皆元気に働いていた。

その様子を見た後、今日は肉袋青年を連れて出かけた。

向かう先は、最近俺達の《朱酒槍商会《ドランククランス》》とトラブルが増え始めている《マンパワー・カデロニアー》の店舗である。

《マンパワー・カデロニアー》は、簡単に言えば金貸しと人材派遣を行っている商会だ。

商人の街である《自由商都セクトリアード》では特に需要の尽きない分野を扱う商会なだけあって、それなりの勢力がある。

裏組織のように非合法なあれこれを主とする訳ではないが、真面目に働く使える派遣員を多数抱える一方で、好戦的な人材もまた多数囲っていて暴力的な一面も強い。

元々《マンパワー・カデロニアー》は、うちの近くの区画を縄張りとしていた。しかし俺が裏組織《イア・デパルドス》を潰した事で誘発された動乱に刺激され、勢力拡大に動き出した商会・組織のうちの一つだった。

だからなのか、急成長中のウチは良い鴨《かも》か、面倒な敵に見えているのだろう。

直接的にも間接的にも接触し始めているので、面倒だが早い段階で話し合いをした方がいい。

話が通じるなら取引もできるはずだ。

という思惑だったのだが、話し合いは短時間で終了した。

代表が小鬼になってしまった俺だったからか、早い話が舐められたのである。

それに、こちらから出向いたのも、結果的にはよろしくなかった。小競《こぜ》り合《あ》いが始まってすぐ代表が直々に出向いた事で、頭を下げに来たと思われてしまったようだ。

結果、あちらの虎系獣人商会長と、武装した威圧要員の獣人護衛が恫喝《どうかつ》を行ってきた。

こちらの不用心による部分もあるが、しかしこれはこれで分かりやすくなったとも言える。

恫喝に対する俺の返答は、相手側全員の顎や手足を殴り砕く事だった。

冷静に話し合えないなら、やはり単純な力が分かりやすい。

狭い室内は、十秒もかからず血肉が飛び散る凄惨な場と化し、痛みで蹲《うずくま》る者があちらこちらに転がる。

殺してはいないが、肉が潰れ骨が砕ければ単純に痛い。本格的に命のやり取りをする心構えが出来ている者は少なかったらしく、そうなると大半の者はもはや呻《うめ》くだけで動けない。

ただ、虎系獣人商会長だけは最後まで気合いが入っていた。四肢を折っても抵抗を止めなかったのだ。

無力化の為にあれこれやると同時に、物理的に上下関係を叩き込み、やっとこちらの要望を呑み込ませる。

今回の件で一番苦労したのは、間違いなく虎系獣人商会長との話し合いだった。

その後、《マンパワー・カデロニアー》からは謝罪と謝礼金を貰い、一先ず手打ちとなった。

そして何故か、虎系獣人商会長が俺の舎弟になった。

獣人は上下関係を明確にしたがる事が多いらしく、圧倒するとこうなる場合がある、と肉袋青年が言っていた。

使える手札が増えるのは良いとして、さてどう扱うかと少し考える。

そして、人材不足の解消には奴隷を雇うつもりだったのだが、これもいい機会だと思う事にして、真面目で有能な人材を雇われドライバーとして俺達《朱酒槍《ドランクランス》商会》のところに派遣させた。

《マンパワー・カデロニアー》には暴力要員だけでなく、事業に失敗した元商人など商売で使える人材も多く所属している。その中からそれなりに信用できそうな人材を選べば、人手不足の現状を改善できる切っ掛けになるかもしれない。

下の方には詳しい事情を知る者はいないし、真面目に働けば相場以上の給料も出るので、派遣された者達には頑張って働いてもらいたいものだ。

《七十六日目》／《百七■六■目》

《マンパワー・カデロニアー》から派遣されてきた派遣員に対し、うちの従業員を交えて仕事の説明を行った。

派遣員はしばらく教育役の従業員と一緒に行動して、仕事を覚えてもらう予定だ。

一部には精神的な問題で派遣員と関わるのを恐れている従業員もいるので、その辺りの配慮もしつつ、全体的には将来の為にこのやり方で進めていく。

一日でも早く使える人材になってほしいのだが、まあ、その辺りは教育役に任命した従業員に任せる事にして、夜には約束してあったドワーフ商会長との呑み会に出かけた。

俺の代わりを務める事もある肉袋青年を連れ、指定された高級料理店《ル・ヴィレイオーサ》に正装で入店する。

《自由商都セクトリアード》でも成功したひと握りの者しか入れない格式の高い店で、内装はその格に見合うだけの品と豪華さがある。

そして、驚きに目を見張る肉袋青年と共に店員に案内された先は、特別会員しか入れない最上位の一室だった。

部屋には既に先客がいた。事前に連絡しておいた女商会長とその護衛だ。

女商会長は赤いドレス姿で、薄らと施された化粧や振る舞いなどに、女性としての色香が滲んでいる。

どちらかというと凛々しい服装をしている普段の印象とのギャップが大きく、肉袋青年はぼんやりと見惚《みと》れていた。

ドワーフ商会長はまだ来ていないようだったので、とりあえず女商会長を相手に世間話での情報交換と今日の予定の確認を行った。

さほど時間も経たず、ドワーフ商会長がやってきた。

挨拶もそこそこに、料理と酒が運び込まれてくる。

そして各々が酒杯を片手に掲げ、今日の呑み会は始まった。

テーブルに並べられた《ル・ヴィレイオーサ》の料理はどれも絶品だった。

口の中で溶けるほど柔らかい〝炎茹牛《エンディノア》〟のステーキ、〝白雲フグ《シラクモ》〟の飾り切り、〝雲煙《ウンエン》トリューフ〟を大量に使用した麺料理パスーティアナなど。

一流の料理人が一流の食材を一流の道具で調理する。それで出来上がる料理が美味くない訳がない。

ひと口食べるだけでしばらくその味に浸っている事ができる。

しかし、今回の主役は酒だった。

俺は天秤塔最上階付近で得られる迷宮酒【青天《せいてん》の霹靂《へきれき》】や【天魔大三幻《てんまだいさんげん》】など、入手難度の高さから金では買えない価値がある酒を出し、ドワーフ商会長は《ル・ヴィレイオーサ》でキープしているドワーフ製の特別な火酒を持ってこさせた。

美味い酒があると、また次の酒が進む。

結果今回の呑み会は、浴びるほど呑んだ、と表現した方がいい酒の消費量になった。

匂いだけで酔ってしまいそうな濃い酒精が部屋を満たし、肉袋青年も女商会長も流石に呆れるしかない。

それでも止む事なく呑み続け、二時間は経過しただろうか。

俺もドワーフ商会長もいい具合に気分が良くなっていたので、さらっと街道整備計画の話を持ち掛けてみた。

結果として、ドワーフ商会長は話に乗ってくれた。

拍子抜けするほど呆気なく、詳しく説明する前に二つ返事だった。

それなりに計画が出来ていたとはいえ、不用心さが感じられる判断だ。ドワーフ商会長にも何かしらの思惑があるのだろうか。

それは分からないが、ドワーフ商会長級になれば口約束でもそれなり以上の重みがあるので、焦る必要はない。

書類に残す本格的な契約はまた後日となった。

やる事もやったので更に二時間ほど酒を呑み、大いに笑って大いに語った。

下心を持って近づいたドワーフ商会長だったが、ただの呑み仲間として今後とも付き合っていきたいと思う。

それにこうして呑むのは、どこか懐《なつ》かしさを感じて気分が良いのだ。

《七十七日目》／《百七[redacted]七[redacted]目》

昨日の約束を早速実行に移すべく、朝から行動する。

教えてもらったドワーフ商会長の屋敷に向かうと、そこには小さな岩山があった。

小綺麗《こぎれい》で大きな屋敷が密集している高級住宅地なので、岩山は異質すぎて周囲から非常に浮いている。

本当に住所が合っているのか不安になりながら岩山の周りを少し回ったところ、ぽっかりと横穴が開いている場所があった。

横穴には門があり、門番がいたので確認してみると、岩山はドワーフ商会長の屋敷で間違いないらしい。

門番はあらかじめ話を聞いていたらしく、すぐに取り次いでもらえた。

少し待つと、門の奥から一人のドワーフがやってきた。

どうやら執事らしい。丁寧に迎えられ、岩山の中に通される。

岩山内部は想像を越えていた。

床は綺麗《きれい》に掃除され、大理石のような何かで舗装されている。壁には芸術的な彫刻が施され、天井では光る結晶が光源となって周囲を照らしている。

調度品も高級そうなものばかりで、その配置にもセンスが感じられる。

ただ、通路や部屋はドワーフサイズなのか、少し狭い。【黒小鬼王】である今は丁度いいが、背が高い人間だと頭をぶつけそうだ。実際、肉袋青年は身を屈めていても幾度かぶつけていた。

執事ドワーフに案内されて通された応接間には、既にドワーフ商会長が待っていた。

呑み会で親しくなったので挨拶にはハグを交わし、手土産に持ってきた迷宮酒でまず一杯酌み交わす。

今回開けたのは、天秤塔でも数本しか取れなかった迷宮酒【天魔降誕】。最初は華《はな》やかで微かに甘い味がして、それが過ぎると独特の辛《から》みが残る。

そのように口の中で広がる味の変化が大きく、しかし美味い。

初めて味わうそれにドワーフ商会長は酔い、また呑みたいと言う。まだストックがあるので貴重な一本を渡し、改めて計画の説明を行った。

その際、何点か改善点が見つかった。ドワーフ商会長が持つ情報で、俺が至らなかった部分を上手くカバーしてくれた。

結果としてより良い計画となり、無事にドワーフ商会長と正式に契約できた。これからはドワーフ商会長がトップに立ち、俺達は裏方に回って色々と動く事になる。

本格的に動き出すのはまだ後だが、これで一先ず大事な仕事の一つは何とかなりそうだ。

その他の細かい部分も打合せしていくと、時間が予想より進んでいたらしく、気がつけば夜だった。

折角だからというドワーフ商会長の言葉に甘え、そのまま岩山屋敷で呑み会となった。

やはり同じくらい呑める相手がいるのは良いもんだ。

ちなみに余談だが、ドワーフ商会長にとっては今回の一件を拒否しても何ら問題はなかった。

むしろメリットよりもデメリットの方が多いくらいなのだが、同等に飲める呑み仲間――俺である――が出来た事と、金では買えない価値を持つ美酒という特典が決め手だそうだ。

やはり酒好きには実物が有効だろう。

《七十八日目》／《百七■八■目》

ドワーフ商会長により修正された計画を共有するべく、今日は女商会長の商店の方に出向いた。

色々と慣れてきたのか、最近は面白い発案も多くなった肉袋青年と共に、この前と同じ部屋に通される。

部屋では既に女商会長が待っていたが、その隣には見知らぬ男性がいた。

蜂を人にしたような亜人種、蜂系甲蟲人だ。ずんぐりとした体形をしているので、見た目の印象としてはクマバチに近い。全体的に黒い外骨格で覆われており、胸部にある唯一黄色い毛がとても目立っている。

複眼は少し切れ長で、額の広さや顎の太さのせいで頭が大きめだ。

そんな甲蟲人は、女商会長が誘った商会長仲間だそうだ。

商会名は《アリスフィール・フェルニーシャ》。主に魔法薬を扱うらしく、接着剤やら補強材やらで商会同士の取引があり、女商会長とは幼少の頃からの長い付き合いらしい。

ちなみに性別は雌《めす》で、趣味として蜂蜜作りをしているそうだ。

お近づきの印《しるし》としてクマバチ印の蜂蜜瓶をもらった。折角だから試食してほしいと別に用意されていた蜂蜜を口に入れると、柔らかく甘い香りと味が広がった。

味も良かったが、それに加えて体がなんだか元気になった。

どうやら魔法薬を扱っているだけあって、食べた者を一時的に強化する能力を蜂蜜に添加しているらしい。

労働の後に食べると、疲労は回復するし精神的にも楽になるだろう。

他の商品も気になったので、本題は一旦横に置き、しばらくあれこれと話し合う。

甲蟲商会長は常に試供品やらを収納系マジックアイテムに入れて持ち歩いているらしく、様々な魔法薬を試させてもらった。

気になる商品があれば注文し、後日届けてもらう予定である。

降って湧いたような商談も一段落し、そこから本題に入った。

最初から部屋に一緒にいた時から察しはついていたが、女商会長は今回の件に甲蟲商会長を引き込みたいらしい。

それに関して、俺も異論はなかった。

魔法薬が様々な分野で活用できるのは間違いない。その専門家がいるだけでやれる事の幅は広がるし、作業員の助けにもなる。

この甲蟲商会長が信用できるかどうかについては、一応こちらでも見極めが必要だが、女商会長が担保してくれるので特に不安もなかった。

こちらからは修正された計画について改めて説明し、区切りがいいところで解散となる。

そうして拠点に帰ったが、俺は情報のやり取りに億劫《おっくう》さを感じていた。遠距離でも迅速に情報交換できる連絡手段が欲しい。配布用の通信機ゴーレムを開発するべきだろう。

通信距離は、とりあえず今は都市内をカバーできればいいとして、さてどういう仕組みが良いだろうか？

《七十九日目》／《百七■九■目》

通信機を作るなら、既にある監視ゴーレムを流用するのが手っ取り早い。

遠隔の光景が水晶に映るのだから、そこに音声が乗るようにすればそれで完成だ。

しかし、そんなモノがある、と知られるのはよろしくない。

これは色々と悪用もできるものなので余計な不信感を持たれたくないし、何より今後の情報収集に支障が出る可能性がある。情報を得る為には、監視ゴーレム関係について知られていない方が何かと都合がいいのだ。

そこで新しい方式の通信手段が必要な訳だが、あーだこーだと考えていて、ふと目についたのが照明だった。

電気製品が無かった時代に使われていた主だった通信手段として、狼煙《のろし》や手旗信号などがある。

そしてその中の一つに、太陽光を鏡で反射させ、反射する回数や照射時間に変化をつける事で情報を伝える光通信があった。

仕組みはとてもシンプルであり、細かい部分で世界の法則が前世とは違う現世でも問題なく通用する手法だろう。

この光通信に決めた後、詳細な構造を考えた結果出来たのが、サソリ型通信機【アンタレス】だった。

【アンタレス】は、普段は蓄光して特殊な魔力を浴びると発光する特性を持つ、青緑色の魔法金属を主な材料とした。

それなりの重量になったので自立できるように多脚を取り付け、ついでに可変鋏《ばさみ》による自衛能力を追加。

平たい胴体には、受信した光通信の情報を解析して文字に変換・表示するディスプレイをはじめ、文字を入力するキーボード、それから通信者が座る椅子などが設置されている。

そして光通信の受信機兼発信機でもある伸縮自在の尾の先端には、特殊な光を放つ魔法宝玉から作ったマジックアイテムなどを取り付けた。

少し試運転してみようと野外で【アンタレス】を起動させ、塔のように天高く伸びた尻尾の先端がチカチカと発光すると、他の個体がそれを問題なく受信した。

光通信なので障害物があると使えないかもしれないが、発光尾は最高で四十メートルまで伸びるから、当面は何とでもなるだろう。それでも駄目なら【アンタレス】の設置数を増やせばいいだけだ。

とりあえずは俺と女商会長、ドワーフ商会長と甲蟲商会長用の分をサブ機も含めて製造する。

それを配備する為に俺が再び各店舗や屋敷を廻《まわ》ったところ、その際の反応はどこもかなり大きかった。

どうやら今までこのようなゴーレムは無かったらしい。

実際にそれぞれが使ってやり取りをしてみたが、キーボードを使った入力には不馴れな事もあって、反応は少し遅い。

この様子だと別に入力用のゴーレムを設置した方がいいかもしれないが、とりあえずこれで細かい情報のやり取りも以前よりは迅速にできるようになった。

あと何台か欲しいと言われたし、【アンタレス】は売れそうだなとは思うが、まあ、これはしばらく関係者だけで独占しておこう。

増やしすぎると光通信が混線して情報が錯綜する、なんて事も考えられるからだ。

とりあえず、現状ではこれくらいがいいだろう。

《八十日目》／《百八[redacted]目》

現状を一先ず確認していく事にしよう。

まずは《朱酒槍商会《ドランクランス》》について。

現状、特に問題はない。新しい仕事はどんどん入ってきているし、蟻人少年を筆頭とした従業員達も仕事に慣れてきた。

新しい労働力である派遣員達の教育についても、【ゴーレムトラック】の運転以外はこれまでも似たような仕事をしてきただけあって、滞りなく進んでいる。

むしろ商品の整頓《せいとん》の仕方や効率のいい配置など、逆に教わる部分もあり、従業員達との交流は順調だ。

まだ精神的な理由で部外者に拒絶反応を示す者もいるが、その辺りは気長に解決していくしかないだろう。

次は街道整備計画について。

【アンタレス】によって迅速な情報交換が可能になり、少し進行を早められそうなので、計画はその都度修正されていたりする。

しかし本格的に動けるのはまだ先であり、今できるのは工事に使うゴーレムの製造くらいだ。

とりあえずこの計画を補助できるゴーレムも製作し、俺の代理となれるように肉袋青年に情報や手順などを叩き込んでおいた。

あとは、〝ヴォルドラム・レックス〟を誘導し、攻撃するよう仕向けてきた存在について。

コイツについては、調査の結果、元凶とその理由も判明している。

しかし行きついた先は思った以上に大物だった。今はドワーフ商会長達との計画もあり、色々と忙しいので、直接相手するのは後回しになる。

ただ、放置していると新たな面倒を生む可能性があるので、向こうの弱みになりそうな情報の収集はもちろん、色々と嫌がらせを行う事にした。

例を挙げると、相手が保有する馬車の車軸を削って壊れやすくする、宝石など換金製の高い物品をいつの間にか盗んでおく、取り扱っている商品に孔を開けて駄目にする、秘匿された情報を漏洩させて内部に亀裂を走らせる、などなど。

一つひとつは小さな事でも、積み重なれば大きなダメージになる。

そちらに手間取れば、こちらにちょっかいを出してくる余裕も減るだろう。

とまあ、大雑把に纏めてみたが、今すぐ対処が必要な何かは特に無い。

計画を進めつつ、真面目に仕事をして実績を積み重ね、信頼を構築していく段階だ。

だから仕事は皆に任せて、俺は次の【エリアレイドボス】を討つべく準備に取り掛かった。

次に挑むのは、【歴史の神】に選ばれた古代過去因果時帝〝ビストクロック〟の予定である。

既に居場所は判明している。装備も現状で揃えられる中では最も充実しているだろう。

しかし、〝ビストクロック〟に挑むには不安があった。

古代爆雷制調天帝〝アストラキウム〟と同等の存在に対し、【黒小鬼王】となった事で以前と比べて各種能力が衰えている今の俺で勝てるのだろうか、という不安だ。

それを解決するには、この世界の法則を利用して強くなるのが手っ取り早い。

この世界では〝レベル〟という概念がある。

それはどうやら、魔力を多く吸収するほど各種性能などがより強化される現象であるらしく、魔力の流れを見られるようになった今はこの目でそれがよく理解できる。

効率よく魔力を貯めるには、モンスターを狩るのが一番だ。他にも方法はあるが、もっと時間がかかるので選択肢にはない。

そして効率よく〝レベル〟を上げるなら、強敵と短期間で連戦するのが最適だった。

という事で、俺は灰銀狼に跨って都市外に出た。監視ゴーレムの技術を転用した通信ゴーレムを肉袋青年にだけ内密に渡しているので、何かあってもこれで連絡できる。

やれる事をやった俺が向かうのは、古代過去因果時帝〝ヒストクロック〟の統治領域。現在と過去が入り交じりながら時を刻み続ける《時刻歴在都市ヒストリノア》だ。

〝アストラキウム〟の天秤塔が強力なモンスターの住処《すみか》であるように、〝ヒストクロック〟の歴在都市もまた強力なモンスターの住処となっている。〝ヒストクロック〟を倒すなら、やはりその拠点で強くなって性質に慣れるのが何よりの近道だろう。

標的のお膝元で、可能な限りレベルアップしてから挑戦だ！

《八十一日目》／《百八■一■目》

《時刻歴在都市ヒストリノア》に向かうルートは、大雑把に言って二つ。

一つ目は比較的安全なルートで、こちらは二十日ほどの道程。

二つ目は最短距離を抜けるルートで、こちらは十日ほどの道程。

必要な日数に倍も違いはあるが、大半の者が選ぶのは一つ目のルートだ。

というのも、そもそも《時刻歴在都市ヒストリノア》自体が大陸有数の危険地帯である。

他の【エリアレイドボス】の領域同様、《時刻歴在都市ヒストリノア》の地下にはこの星の魔力が流れる地脈――【星脈《アストライン》】とも言われているようだ――の合流地点が存在する。

地脈に流れる膨大な魔力の大半は《時刻歴在都市ヒストリノア》に吸い上げられるものの、そこから溢れた魔力だけでも他の場所より豊富だ。

そして豊富な魔力の影響を強く受ける事で特異な環境が構築され、多彩な景色が作り上げられる事になる。

魔力の質や量によって環境は大きく変動するらしいが、《時刻歴在都市ヒストリノア》周辺の魔力は質も量も一級品。

結果、危険地帯は自然と難度が上がる。

危険地帯は《時刻歴在都市ヒストリノア》を中心に、その周囲に点在する。

どちらのルートにしろ危険地帯を越えて進む必要があるが、一つ目のルートなら少なくとも難所を限定できるし、その分対策もとりやすい。

場所によっては比較的安全に休む事も可能であり、途中で物資の補給が可能な町や村もある。

本命である《時刻歴在都市ヒストリノア》に到着する前に消耗し、それが原因で攻略できませんでした、では本末転倒だ。

だから大半の者は一つ目のルートを選び、進んでいく。

しかし、俺はあえて危険地帯を抜けて一直線に向かう二つ目のルートを選んだ。

理由はいくつかあるが、大きいのは三つ。

一つ目は移動時間の短縮だ。

商会は肉袋青年に後を任せ、ドワーフ商会長や女商会長の協力もあるとはいえ、行き来に必要な時間を短縮できれば余裕が出来る。

《時刻歴在都市ヒストリノア》の攻略にどれほど時間が必要なのか分からないのだから、削れるなら削っておいた方が、後々何かあった時の為に良いだろう。

二つ目は戦闘経験の積み上げだ。

俺はこれから《時刻歴在都市ヒストリノア》で戦闘経験を積み、レベルアップして古代過去因果時帝〝ヒストクロック〟を討伐できる可能性を高める必要がある。

それなら、二つ目のルート上にある、特に危険度の高い四つの難所――《麗しき花樹海《プリム・ビィスタ》》《不徳の罪都《エディン・キャピタル》》《燈蟲火葬山《シネンシスト・カーロ》》《赤蝕山脈《せきしょくさんみゃく》》――を回避するのは勿体ない。強敵と戦う方が、レベルアップの効率がいいのだから。

三つ目はまだ見ぬ食材を求めてだ。

喰う事は、俺にとって強さに繋がる大事な要素である。

そして危険地帯には、他では手に入らないような素材が山とある。

これは天秤塔の経験からして間違いない。天秤塔最上階付近の素材は他所では手に入らなかった。

それどころか、俺が売る事で初めて認知されるアイテムがほとんどだった。

四つの危険地帯については多少の情報があり、全くの未知でこそないものの、分かっていない事も多い。

そこでしか手に入らない美味なる食材を手に入れられる可能性があるのなら、これを逃す手はない。

危険性と未知の食材を天秤にかけた時、俺は後者を選ぶ。

元々、危険な場所に行くのは慣れたものだ。前世の仕事でも似たような事を何十何百と繰り返しただけに、その辺りのブレーキが壊れているのだろう。

という訳で選んだ二つ目のルートを爆走する灰銀狼の上で、俺は美食との遭遇への期待に胸を膨らませつつ、長旅用に造った灰銀狼専用鞍ゴーレムに備えた可変式背もたれに身を預ける。

今回の旅にあたって最も気を使ったのが、この灰銀狼専用鞍ゴーレムの製作だった。

灰銀狼に対する俺の評価は高い。長時間最高時速を維持できる桁違いの体力に、短時間なら光翼によって飛行を可能にする能力。主《あるじ》である俺に従順に仕え、戦闘も熟《こな》せる。

しかし、乗り心地にだけは少々不満があった。

光翼の根元に足を引っかけると、体毛が足に絡まり、身体が灰銀狼の背中に固定される。

更に、竜鱗の腕輪によく似た首輪から銀の紐が伸びて手綱代わりになるので、移動中も安定感がある。

だが、長時間乗り続けるには少々辛いのだ。

身体の構造上、どうしても上下に揺れるし、高速移動中は急なターンや急制動も多くなる。

段々と慣れてきてはいたが、長距離移動時の負担を減らして損はない。

そこで造ったのが灰銀狼専用鞍ゴーレムだ。

長時間座っても疲れにくい良質な素材のクッションをはじめ、回復用の宝玉型マジックアイテム、夜営道具や調理道具を入れる収納系マジックアイテムなどを仕込んである。

宝玉型マジックアイテムは灰銀狼にも効果があるので、長距離移動による消耗をとても抑えられる。

それに収納系マジックアイテムからは使い捨ての投擲武器を簡単に取り出せるし、道中に採った食材も入れられる。

その他にも、手綱を持たなくても灰銀狼に動きを指示できる鐙《あぶみ》もつけたし、身体を預けられる可変式背もたれなど、細かいギミックが満載だ。

取り外しも簡単で、何より軽量だから、灰銀狼に負荷を与えにくいのもポイントだろう。

新しい装備を得て、灰銀狼も何だか嬉しそうだ。

今日は比較的平和なエリアだったので、予定よりも少し遠くまで進む事ができた。

緩やかな山を登っている途中、中腹に手頃な洞穴があったので、そこで野営する。

晩飯のメインは、元気が有り余っている灰銀狼が道中で噛み殺した、ヘラジカのように巨大な角が特徴的な鹿型モンスターだ。洞窟の近くに生えていた野草をサラダにして添えつつ、焼き肉にして喰う。

このモンスターは結構美味かった。匂いなど野性味は強いが、鹿肉の味も濃い。

灰銀狼には肉を与えたが、俺が喰っていた野草も喰いたそうにしていた。

しかし、今回は適当に採取したものなので毒草が混じっている可能性があり、やめておく。

実際、味からはそんな感じがした。

俺自身は喰えば毒でもなんでも問題なく消化できる能力があり、サバイバル時には色々と便利であるが、同行者には配慮が必要だろう。

灰銀狼はそれを少し不満そうにしていたものの、毛布代わりにして寝ようとすると機嫌が直ったので、可愛い奴だと思いつつ寝た。

《八十二日目》／《百八■二■目》

灰銀狼の速度のおかげもあって、午前中に一つ目の難所、《麗しき花樹海》に到着した。

《麗しき花樹海》は、四方を険しい山々で囲まれた盆地に広がる危険地帯である。

多くのモンスターが生息する自然豊かな場所だが、ここを支配しているのは生命力旺盛で様々な種類と特性を持つ魔花達だ。

魔花は魔植物の一種であり、モンスターでもある。

基本的に知性や意思は希薄で、地面に根を生やして動かないが、自ら動いて獲物を狩る食獣植物系の特徴を持つ魔花もいる。

また、単体としてではなく地下で根が繋がった群体として在る場合も多いので、ここ花樹海では周囲に咲いている花は全て魔花だと認識しなければならない。

油断していると、四方を包囲されて飽和攻撃を仕掛けられてしまう。

不意を打たれてしまえば、その末路は魔花達の栄養分になるのみだ。

そんな花樹海を灰銀狼に乗って進んでいると、魔花はもちろん、魔花と共生関係にあるモンスター達までが襲い掛かってくる。

猿や猪など色々な種類がいるが、その中でも最も多いのは〝剪定花兎《プルーニング・ラビット》〟というモンスターだった。

この花兎は大型犬ほどの大きさで、額には共生／寄生関係にある色鮮やかな魔花が咲いている。

そして大きく発達した後ろ足で跳躍しながら移動し、大きな魔花刈り鋏という生体武器を前肢で持って攻撃を仕掛けてくる。

普段はこの魔花刈り鋏を使って育ちすぎた魔花を剪定する役割を担うらしいが、今は侵入者であり獲物である俺達を剪定しようとしてくる。

そんな花兎達の狙いとしては、自分達で喰う為というよりも、死体を魔花達の栄養分にしたいようだ。

花樹海では、様々な魔花の根元に白骨が埋まっているのを何度も見たのだが、それは花兎達がせっせとそうしていたのだろう。

花兎の生息数は多く、かつ集団で行動する性質があり、最低でも四羽は一緒にいる。

個としての性能も比較的高く、樹木を足場に立体的な機動で仕掛けてくるので気が抜けない。魔花刈り鋏の切れ味は鋭く、生身で受ければ呆気なく切断されてしまうだろう。

それに加えて、共生／寄生する魔花の種類によって様々な特異能力も使ってくるので、それに対応するのも少し大変だ。

少し例を挙げるだけでも――

青の魔花〝青沈シャガン〟が生えた花兎は気配が希薄になり、まるで暗殺者のように背後から近づいて首を刈りに来る。

赤の魔花〝赤怒ルベンラ〟が生えた花兎は本能が剥き出しになり、まるで狂戦士のように自らを顧みず死ぬまで襲い掛かってくる。

白の魔花〝白癒ヒーイル〟が生えた花兎は同族を癒す力を手に入れ、まるで聖職者のように味方を回復させる。

紫の魔花〝紫戸シェオン〟が生えた花兎は生前は特に能力を持たないが、死んでもまるでアンデッドのように生き返る。

――とこれだけある。

魔花の種類はまだまだあり、個体によっては思わぬ反撃を喰らいかねない。

個人的な例だと、寄生主諸共に激しく自爆し、鋼鉄のように硬い種や砕けた花兎の骨片を高速で撒き散らす紅蓮の魔花〝爆焔ブラトゥス〟には、初見時に酷い目にあわされた。

機械腕と生体防具で被害は最小限に抑えられたが、こんな魔花もあるのかと驚いたものだし、あれはいい教訓になった。

ここが危険地帯だとされているのも納得の厄介さである。

このように道中には危険が満ちているが、それでも進んでいく。

花兎を仕留め、魔花を摘む。時折現れる見た事もない魔植物などはもちろん回収し、味見しながら先に進んだ。

今回の目的は探索ではなくショートカットだったので、夜には花樹海から抜けられた。

短時間しか滞在しなかったが、仕留めた花兎の数は五百を超え、採取した魔花は約八百種類にもなる。

その他にも討伐したモンスターは多いのだが、短時間でこれだけ狩れるという事は、それだけ遭遇率が高いという事でもある。

ここが危険地帯なのは間違いないが、優秀な狩場だとも言えるだろう。

それに、魔花は喰ってみると意外と美味い。

種類にもよるが、蜜が美味しい魔花は結構ある。しかも魔力を多く含んでいる魔花やピリリと辛い香辛料的な魔花など、ちょっと調べただけでもかなり応用性の高い素材の宝庫だと分かった。

大量に採れた魔花もあれば、僅かしか採れなかった貴重な魔花もある。

俺としては花樹海の主とされる魔大花伯〝シルバニス・インクゥドラ〟を味見したかったものの、残念ながらその縄張りはルート上にはなかった。

名残惜しくも今回は先に進むが、後々戻ってきて調査すれば面白い発見を得られそうな興味深い場所だった。

ちなみに今日の晩飯は、花兎と花猪の焼肉に魔花の山盛りを喰った。

［能力名【魔花の剪定者】のラーニング完了］

［能力名【魔花の宿主】のラーニング完了］

一日の終わりに新しいアビリティをラーニングできたりと、幸先はいい。

《八十三日目》／《百八■三■目》

昨日の夜遅くに《麗しき花樹海》を抜け、少し草原を進んでから野営して一夜を明かした。

今日の朝食は、花樹海で採れた魔花をメインにした鍋料理だ。

花兎の肉や魔植物、それから数種類の魔花を適当にごっちゃにしたものだが、これが意外と美味かった。

特に魔花は、種類によって味も食感も香りも大きく違うのが良い。

個人的には、薔薇《ばら》のような魔花が香りも良く、ほのかな甘みもあって好みだった。

［能力名【魔花の魅了香】のラーニング完了］

［能力名【魔花刈り鋏生成】のラーニング完了］

そして新しいアビリティをラーニングできた。

まずは【魔花の魅了香】を使ってみると、とても良い体臭が発生した。どうやらこの体臭には【魅了】効果があるらしく、試しに近くを通った小動物に使ってみるとよく懐く。

距離が離れているほど効果は薄く、近いほど高い。

戦闘時の嫌がらせなどにとても有用そうだった。

それから、【魔花刈り鋏生成】の効果は名称通りだ。

手に巨大な鋏が生成される。手を放して一定時間放置すると脆《もろ》くも崩れてしまうようだが、咄嗟に武器を手に取れるのは案外便利だ。

鋏自体がかなり硬いので、武器としてだけでなく、使い捨ての防具にも代用できるだろう。

新しいアビリティのラーニングという、朝から良い事があった今日も順調に進み、夕方には二つ目の難所、《不徳の罪都》の近くに無事到着した。

しかしもう日が暮れそうだったので、今日は挑まずに近くの高台で野営する。

道中で仕留めたモンスターを材料にした晩飯を喰い、布団代わりに灰銀狼に包まれながら、月明かりにぼんやりと照らされた《不徳の罪都》の上空に【ドローンゴーレム】を飛ばして観察する。

【ドローンゴーレム】は高度三百メートルほどまで急上昇した後、歩くような速度でゆっくりと前進していく。

もっと素早く飛ばしたかったが、それができない理由があった。

この辺りには夜行性の飛行モンスターがいる可能性が高い。

それを回避する為に、【ドローンゴーレム】には隠蔽能力のあるマジックアイテムを搭載してある。これによって、夜とはいえ姿を直視してもハッキリとは見えず、プロペラの音もほぼ聞こえない。

だが、マジックアイテムの効果は速く動きすぎると切れてしまう為、ゆっくりと進んでいくしかなかったのだ。

根気よく進ませていくと、まず《不徳の罪都》を囲う巨大な外壁が見えてきた。

高さは二十メートルはありそうだ。

【ドローンゴーレム】を下ろして調べてみると、特殊な岩で作られているらしく、見た目以上に頑丈で、また三メートルほどと分厚い。

この外壁を破壊する事は相当難しいだろう。

また、左右に伸びる長さはパッと見ても数十キロはありそうで、《不徳の罪都》の広大さを想像させた。

構築するのにかなりの技術や財力を必要としたであろう、そんな外壁を越えた先には、広大な都市が広がっている。建築様式は古いが洗練されていて、歴史を感じさせる光景だった。

それもそのはずで、《不徳の罪都》はかつて実在した古代都市を復元しているからだ。

大昔にタイムスリップした気分になるこの都市は、建物と道が複雑な地形を構築していて、まるで迷路のようだった。恐らく、外敵を惑わす為にそう造られているのだろう。

道も知らずに下手に進んで迷えば時間をロスしてしまう。少しでも地形を覚えようと上空から見下ろす【ドローンゴーレム】を操作していくと、《不徳の罪都》に出現するモンスターを確認できた。

夜なのでスケルトンなどのアンデッドも見られるが、一番目立つのは都市防衛ゴーレム達だ。

ゴーレムはこうした古代都市などで見かける事が多いらしい。当時の文明の高さが気になるが、それはさて置き。

犯罪抑制や治安維持、あるいは単純な戦力として、ゴーレムは非常に便利な存在だったのだろう。

性能が安定していて、反逆される可能性は薄い。また、ある程度以上の品質の素材を使い、しっかりとした構造であれば壊れ難いし、壊れても設備があれば簡単に修復できるのは大きな利点だ。

だから住民が既にいなくなった今でも、『停止せよ』と命令を受けていないゴーレム達は稼働し続け、その役目を全うしている。

観察した限りでは、都市防衛ゴーレム達は見事に統率のとれた動きで《不徳の罪都》を巡回していた。

一般的なヒト型をはじめ、機動力に優れた獣型、飛行能力を有する鳥型や、とにかく数が多い虫型とゴーレムの種類は幅広い。

裏路地までくまなく巡回している為、侵入中は気を抜けなさそうだ。

様々な種類がいるゴーレム達の中でも最も目立つのは、都市の大通りをノッシノッシとゆっくり歩く、五十メートル級の大亀型ゴーレムだ。

頭部が巨大で、手足は短いが太い。全体的に分厚く、まるで山が移動しているようだ。

そして甲羅の上には無数の砲台が備わる城が載り、高速移動できそうな五メートル級のアシダカグモ型ゴーレムや、偵察用らしき小鳥型のゴーレムの巣も設置されている。

恐らく大亀型ゴーレムは、何体かで連携しながら広大な《不徳の罪都》全域をカバーする、移動型補給要塞の役割を担っているのだろう。

遠くに同型機が何体かチラホラ見えるので、大きく間違った推察ではないはずだ。

ともあれ、大亀型は装備が充実していて搭載機なども多いので、真正面から当たるのは避けた方が良さそうだ。

堅牢な防御力に加えて、無数の砲台の破壊力は侮《あなど》れないに違いない。

遠距離からの狙撃には気をつけようと思いつつ、今日はそのまま寝た。

《八十四日目》／《百八[redacted]四[redacted]目》

朝食を済ませた後、《不徳の罪都》に向かって進んだ。

灰銀狼が軽やかに跳躍して外壁を越え、難なく内部に潜入する。

細く入り組んだ裏路地を進み、建物の陰から街路を覗く。

そこにゴーレム達の姿は見られなかった。

しかし独特の駆動音は聞こえるので、それほど遠くない場所を巡回しているらしい。

ゴーレムの巡回を回避して先に進むべく、昨夜【ドローンゴーレム】で偵察して作った簡易的な地図を脳内で思い浮かべる。

周囲には建物が密集しているので、少し先までは問題なく行けるだろう。

灰銀狼はこちらの意図をくみ取ってくれたらしく、音を立てず、気配を極力小さくした状態で素早く裏路地を進んでくれた。

しばらくすると、嗅ぎ慣れた血の匂いと新鮮な死臭が鼻腔をくすぐった。

それに耳を澄ませば、何かを食べる音もする。グチャグチャと肉を咀嚼し、骨を噛み砕く音が。

どうやら、どこにでもある弱肉強食の闘争があったようだ。

俺のように潜入した誰かがモンスターに襲われ、喰われたのだろうか。

あるいはモンスター同士の生存競争か。

それはともかく、灰銀狼の上で朱槍を構えつつ進むと、日陰の薄暗い裏路地は凄惨な殺害現場となっていた。

周囲の壁には大量の血が飛び散り、頭髪がついた頭皮や剣を握ったまま千切られた手首が転がっている。

そして最も血の匂いが濃い中心には、苦悶の表情を浮かべた中年の冒険者が事切れて血の池に沈み、その死体の上に蹲って腸《はらわた》を貪り喰らっているモンスターがいた。

中年冒険者を喰らうモンスターは、一見普通の都民でしかなかった。

こちらからは側面しか見えないが、防具の類ではない普通の服を着ている。

横顔からして男性らしい。筋骨隆々といった感じではなく、中肉中背の太くもなく細くもない、ごく一般的な感じだ。

恐らく、普通に立っていればここの住人かと思うだろう。

しかし、大量の返り血を浴び、全身を赤く染めながら死体の内臓を喰らっているとなると、まともな存在ではない事は一目瞭然だ。

モンスターなら見敵必殺。殺してから考えればいい。

そう判断した俺は、朱槍を持たない左手で灰銀狼の鞍から【血抜き槍】を素早く取り出し、豪速で【投擲】する。

発見してからここまでで三秒も経っていない。しかしモンスターはこちらを察知し、待ち構えていたのだろう。

振り返りもせぬまま跳躍して【血抜き槍】を回避すると、まるで獣のように変化した四肢を使って壁に張り付き、その虚空を映す瞳で俺達を見据えた。

全体的な造形は確かにヒトだった。

ただし決定的に違う部分がある。人間の成人男性に似たモンスターの顔に理性は存在せず、その双眸は極限の飢餓感で満ちていた。

腹が減った。獲物がいる。喰ってやる。

そう言っているように感じた。

モンスターは血と肉で赤く濡れる口を悍ましく歪め、獣の唸り声に似た音を発しながら、高速で俺達に飛び掛かってきた。

まさに飢えた肉食獣のような動きで、愚直に両腕を伸ばして掴みかかろうとする。

中途半端な反撃では止まりそうにない勢いだ。たとえ朱槍に貫かれても、死にながらこちらを喰いに来ようとするような迫力がある。

それに対し、俺はアビリティ【巨頭化】を行使して一瞬だけ頭部を巨大化させ、飛び掛かってくるモンスターの全身を口に入れた。

あちらが喰いに来るのなら、こちらも喰った方が手っ取り早い。

反撃されないようにひと噛み目で頭部や手足を潰し、残りもガリガリボリボリと頭から足先まで丁寧に噛み砕いて嚥下《えんげ》したが、味の感想はただ一つ。

クソ不味《まず》い。ここまで不味いのは初めてだと言えるほどに、ネチョネチョのグチャグチャのヘドロにエグミと酸味とその他諸々が混沌と相反しながら混ざり合っている味だった。

思わず吐き出したくなるが、我慢して最後まで喰った。

［能力名【飢餓罪《プレータ・シン》：神罰《スペルバン》】のラーニング完了］

その結果アビリティをラーニングできたのだが、思わず何だこれと呟いた。

【神罰】とはまた穏やかではない単語である。

ただ、【飢餓罪】という部分で、今のモンスターの様子があれほど飢えた感じだった事に納得がいく。

文字通り、飢えていたのだろう。飢え続けていたのだろう。想像するだけでゾッとした。

喰っても喰っても満たされないのは辛い。俺なら絶対に耐えられないに違いない。

せっかく得たアビリティだが、使いたくないので封印するとして。

《不徳の罪都》と言われているだけに、かつて在った古代都市が滅びた理由は、【神々】の逆鱗《げきりん》に触れる何かをしたせいで【神罰】を受けた結果なのだろうか。

それがどんな罪であるのか今は分からないが、とりあえずモンスターに喰われていた中年冒険者の弔《とむら》いをする事にした。

その前に、腕輪や短剣などのまだ使えそうな物は拝借する。ひと通り確認したところ、探索に使えそうなモノが充実していて、質の良いマジックアイテムが多く、特に小袋型収納系マジックアイテムが得られたのは個人的に嬉しい。

有用なアイテムを有難く頂戴しつつ、喰われて色々と足りない死体を一つに纏め、骨まで燃える高温を出せる錬金油を撒いて火をつける。

たちまち炎上するその場からさっさと離れ、適当な建物の中に入って一旦休憩した。

潜入したばかりで体力も気力もまだまだ充実していたが、今すぐ足を止める必要があった。

綺麗な水を出せる水筒型マジックアイテムで給水しつつ、俺は弔った中年冒険者の小袋型収納系マジックアイテムから一冊の手帳を取り出した。

拝借した品の中で、最も興味を惹かれたのはこの手帳である。

こういう手帳は見逃がせない。重要な情報が書き込まれている可能性があるし、そしてそれは当たりだった。

パラッと開いて読んでみると、死んだ中年冒険者は《叡智の法典》《ヴァイス・エックル》という調査団に所属していたそうだ。

《不徳の罪都》のような古代都市が復元された場所では、現在では失われた遺物を発掘できる事がある。

それが未判明の歴史を紐解く切っ掛けになったり、優れた技術が再発見されたりする事も多い。

その為、そこらにいる財宝目的の粗雑な冒険者とは異なり、細部まで把握して成果を上げる調査団という存在が生まれた。

調査団はたびたび危険地帯攻略に役立ったりと、結構重要な存在でもある。

そして調査団《叡智の法典》に関しては、これまで色々と情報収集してきた中にも含まれていたので、俺も少しは知っていた。

かなり規模が大きくて、構成員のレベルも高いし連携もよくとれる腕利《うでき》きの集団という話だった。

太いパトロンがおり、装備も人材も充実していて、人脈が幅広く、協力関係にある盟友も多いようだ。

その構成員ともあろう者が、危険な《不徳の罪都》とはいえ、深部ではなく外縁に近い場所で喰われているとなると、何かあったに違いない。

速読で手帳を読み進めていくと、今回の《叡知の法典》の目的が分かった。

どうやら中年冒険者が所属している《叡智の法典》は、ほんの数日前に、都市中央に存在する崩壊した聖塔《ジグラッド》の調査に向かったようだ。

あの中年冒険者はそこに戦闘員として参加していたらしく、手帳から読み取れる範囲ではレベルも高いし経験も豊富だったと思われる。

筆まめなのか結構詳細に書かれている内容をザックリと省略すると、一行は道中のゴーレム達を上手くやり過ごし、順調に調査を進めながら目的地に到着したらしい。

事前に《叡智の法典》が進めていた調査によると、かつて【信仰】心の厚い【帝王】が存在した。

古代都市を統べる【帝王】は【神々】に【信仰】を捧げるべく、天にまで届く聖塔の建築を始める。

完成までには長い年月が必要で、初代【帝王】が死した後も次代へと受け継がれていく。

しかし数代も過ぎると初代【帝王】の思いは薄れ、大地の営みを見下ろす高さは建築を受け継ぐ【帝王】の心を濁《にご》らせていった。

厚い【信仰】の象徴になるはずだった聖塔は権力そのものに変わり、【帝王】は自らを【神】と同一視し始めたのだ。

実際、【帝王】は強かったようだ。

才能に溢れ、受け継がれる事でより強力になっていった能力は他者を寄せ付けず、多数の国を攻め滅ぼしたという。

増長した心は、世界を自らの物にしよう、そう思ったのかもしれない。

自分自身が【大神】になる。そう嘯《うそぶ》く事もあったかもしれない。

ただ、嘯くだけでは【大神】も干渉はしなかっただろう。

この世界の根幹でもある【大神】という存在はあまりに大きすぎて、重すぎて、そのような些事《さじ》に干渉する事はほぼ無いのだから。

しかし結果として、古代都市には【神罰】が下された。

かくして栄華を極めた古代都市は滅び、現在は《不徳の罪都》となって復元されている――古代都市に残された石碑《せきひ》や他の場所で得られた情報を繋ぎ合わせ、推測も交えた結果、《叡智の法典》はそう予想していたらしい。

彼らはそれが本当かどうかを知る事を目的とした今回の調査で、最も危険で、最も重要な聖塔に足を踏み入れた。

そして、目撃したようだ。

聖塔内部の地面には、かつての【神罰】の名残があった。

それは光すら呑み込む、深い深い闇が揺蕩《たゆた》う泥だったそうだ。

心が弱いモノなら見ただけで発狂してしまいかねない、見る事すら烏滸《おこ》がましく頭《こうべ》を垂れたくなる【神聖】な泥。

調査しようにも近づくだけで死にそうな為、まず聖塔の内部を調査する事にしたそうだが、そこでこれまでに見られなかったモンスターに襲われたようだ。

《叡智の法典》は経験豊富なので、最初は問題なく対処できたらしい。

しかし現れたモンスターはヒトに似ているものの、根本から違う存在だった。

卓越した身体能力を持ち、死力を尽くして調査団員を喰おうと襲い掛かってくる。自分達を餌《えさ》としてしか見ていない相手など、対峙するだけで精神は損耗するだろう。

しかし何より、そのヒトに似たモンスターは腕を切り落とされても、その肉を拾って喰えば腕が再生する。

腹を引き裂いて内臓を引きずり出しても死なず、どころか露わになった自分の内臓を喰って再生しながら襲ってくる。

だから、首を切り落とし、心臓を抉ったら、動けないように身体を地面や壁に固定するか、手足を切り落とすのでもいい、とにかく動けなくするのが重要らしい。すると時間経過によって仕留める事ができる。

面倒な不死性だが、それでも一体なら問題なく仕留められるだろう。

しかし、中年冒険者達はモンスターの群れに襲われた。何とか仕留めてもその死体は他のモンスターが喰ってしまう。

そして同輩の死体を喰ったモンスターは、短時間だけだが凄まじい修復能力と身体能力を獲得し、やはりひたすらに喰い殺そうと向かってくるそうだ。

仕留め難く、仕留めても死体は敵の強化に転嫁される。

質の悪いゾンビ映画のような理不尽さだと思いながら手帳を読み進めると、《叡智の法典》は数名の犠牲を出しつつも何とか聖塔の外まで逃げる事ができたようだ。

しかし、まだ地獄からは抜け出せていなかった。

続けて都市外へと向かう一行を、モンスターは執拗に追いかけてきたらしい。

ここまでしつこく襲撃してくるモンスターについて、職業柄それなり以上に広い知識を持つ中年冒険者やその同僚も正体を知らなかった。ただそうして逃げる中で、《叡智の法典》の代表を務める教授が、あれは〝飢餓罪人《マルサート・ペクート》〟ではないかと思い当たった。

どうやら古い記録に似たような存在がいたらしいが、詳細な情報は失われているようだ。

ともあれ、相手は飢えを満たす事が最優先であるとの情報を見出した一団は、携帯食料や仕留めたモンスター肉を囮《おとり》にしながら逃げ続けた。

だがついに昨夜、追いつかれてしまった。

〝飢餓罪人《マルサート・ペクート》〟の大型種に率いられた数十体の群れに捕捉され、混戦の中でバラバラに逃げたようだ。

中年冒険者より戦闘能力が低い者も多かったようなので、大半は助からなかっただろう。

中年冒険者もそれを分かっていたらしい。手帳の最後に『絶対にこの情報は持ち帰らなければならない。後に続く者達の為に、先に逝《い》った皆の犠牲を無駄にしない為に』と綴《つづ》られていた事から、中年冒険者の強い意志が窺えた。

結局最後は喰われてしまったが、貴重な情報を受け取った者として、俺は彼の冥福を祈っておいた。

さて、つまり近くには数十体もの〝飢餓罪人《マルサート・ペクート》〟の群れが存在する可能性がある。

それに逃げ切れた《叡智の法典》メンバーもいるかもしれない。

正直、〝飢餓罪人《マルサート・ペクート》〟自体はマズすぎて食欲は湧かないのだが、その身に宿すアビリティはとても気になった。

生き残りのメンバーには有用な知識が期待できるので、見つければ助けるのもいいだろう。

休憩を終え、さあ出るかと思ったところで、近づいてくる気配があった。

五感を研ぎ澄ませて様子を探る。必死に走る複数の足音、切迫しながらも仲間を励ます声。魔力の放出波、つまり魔術の行使、轟く爆発音と濃厚な血の匂い。

そして獣の唸り声に似た咆哮、嗅ぎ慣れた死臭。

これらは〝飢餓罪人《マルサート・ペクート》〟のものだろう。数体は攻撃を受けたのか倒れる音がしたが、四肢で動く特徴的な動作音がまだ残っている。

それに続くように聞こえてくる重厚な足音に、金属がこすれるような特徴的な響き。どうやら敵には〝飢餓罪人《マルサート・ペクート》〟だけでなくゴーレムまで含まれるようだ。

徐々に徐々に近づいてくるその騒音は、集団が集団を追っている事を示していた。

都合が良いのか何なのか。中年冒険者の思いが残っていたのだろうか？

ともあれ、朱槍を手にした俺の意識は、自然と切り替わった。

《八十五日目》／《百八■五■目》

昨日救出した《叡智の法典》所属の四名——《叡智の法典》代表のタヌキ系獣人で小柄な【教授】、【戦闘料理人見習い】の少年、【ベテランシェルパ】の筋骨隆々大男、【状態異常】系の魔法を得意とする【黒魔女】——と共に、《不徳の罪都》を進んでいく。

灰銀狼には機動力に不安が残るタヌキ教授と見習い少年と黒魔女の三人が跨り、俺と大男シェルパはその前を歩いていた。

極力戦闘は回避するが、避けられない場合は積極的に仕留めていく。その場合、主に戦うのは先頭を歩く俺だった。

下手に手を出されても困るので丁度いいし、戦利品は全て俺が貰えるので損もない。

《不徳の罪都》で襲ってくるモンスターは主にゴーレムだ。

ゴーレムから採れる素材は質が良く、そのままでも色々と使い道がある。面白い機構も多く、帰ったら新しいゴーレムを作ってみようというやる気も出てくる。

〝飢餓罪人《マルサート・ペクート》〟もアビリティ目的で討伐したいが、レアなのか昨日仕留めた集団以降は遭遇していない。

それはそれとして、何故こうなったかというと、それぞれの思惑が重なったからだ。

簡単に流れを整理すると、まず《叡智の法典》の四名は都市の外へと逃げている最中だった。

だが途中でモンスターに見つかり、やがて追いつめられた。執拗に狙ってきた〝飢餓罪人《マルサート・ペクート》〟だけでなく、ゴーレムまで引き付けてしまったのが致命的だったのだろう。

残されたメンバーでは全てを相手にして切り抜ける事はできず、多少数を削る程度の抵抗も空しく喰い殺される寸前だった。

しかし、そこで俺の近くまで運良く逃げてきて、結果として救われる事になる。

中年冒険者の手帳から得た情報の恩を返す必要があった俺は、モンスター達を全て殺し、ゴーレムの残骸を回収した後、不味いがアビリティが気になる〝飢餓罪人《マルサート・ペクート》〟を全て喰った。

八体いたが、やはり不味い。吐きそうになるのを我慢して喰ったのは久しぶりだ。

手帳によればまだ大型種も残っているはずなので、まだまだ不味い思いをしそうであるが、それはともかく。

そうして俺に助けられた四人だが、そのまま外に向かうのではなく、俺についてくる事になった。

そうなった理由は色々ある。

彼らとしては、先に進む俺についていけば、取り残された仲間を救出できる可能性がある。それに生きて帰る為に護衛は欲しいし、ついでに未探索地点の調査もできるかもしれない。

また、〝飢餓罪人《マルサート・ペクート》〟をバリバリ喰い殺す俺自身にも興味があるようだった。

見習い少年や大男シェルパは早く外に出たそうにしていたが、タヌキ教授と黒魔女が乗り気だったので結論は変わらなかった。

個人的には、仲間が死んだか喰われたかで全滅した可能性が高い状態で、調査を続行できるなら続行するというメンタルは凄いなと思うが、それはさて置き。

対して俺は、タヌキ教授達が持つ知識が欲しかった。

護衛代として情報が得られるなら、損は無いどころか貰いすぎくらいだ。

道中で世間話としてあれこれ聞けるし、何気ない事でも重要な情報だったりする。

特に今は《不徳の罪都》に関する情報の価値が高い。

〝飢餓罪人《マルサート・ペクート》〟の大型種をはじめ、古代都市の歴史なんかも気になるし、聖塔での出来事をタヌキ教授の考察混じりで聞けたのは特に良かった。

産出されるマジックアイテムの情報も嬉しいし、ゴーレムの種類や役割についても重要だ。

これだけでも護衛代としては十分だろう。

しかしそれに加えて、黒魔女からは魔術について教えてもらえた。

彼女に実際にゴーレムを相手にしてもらう事で、魔力の流れを見て、感じて、理解し、簡単な魔術なら俺も使えるようになった。

【黒小鬼王】はその辺りのスペックも高いらしく、理解さえすれば呼吸するように指先一つで行使できる。

威力などまだ改善できる点は見つけられるが、とりあえず使える手段が増えるのは良い事だろう。

あとは、見習い少年が作ってくれる料理が結構美味かった。

一人前の戦闘料理人になるには、材料の確保から自分自身でできるようになるのが最低条件らしいが、見習い少年はまだそっちの実力が足りない。

しかし調理については才能があるらしく、食材を提供すると美味しく調理してくれた。

俺自身は本格的な調理となると苦手なので、こうして美味く調理してくれる存在がいるのは素直に有難い。

そうして予期せぬ同行人が増えつつも順調に進み、《不徳の罪都》をもうちょっとで通り抜けられそうな時、少し離れた場所で爆発音が轟いた。

それも一度だけでなく、連続して響いてくる。つまり誰かが魔術を使い、戦っている事を示していた。

サッと振り返って灰銀狼に跨るタヌキ教授と視線を交わしてから、俺達は駆け出す。

万が一《叡智の法典》の生き残りがいた場合は救出する事になっていた。

これはタヌキ教授からの依頼であり、俺はその前払いとして高品質なマジックアイテムを貰った。

そして救出する相手が見つかるごとに報酬が追加されていく契約だった。

つまり依頼を受けるだけで儲けもので、助ければ更に儲かる。助けられなくても行動さえすれば追加報酬があるとなると、やらないのは勿体ない、非常に都合がいい依頼だった。

そういう理由からやる気が出ている俺は、四人を引き連れて現場に急行し、〝飢餓罪人《マルサート・ペクート》〟の大型種――〝飢餓罪巨人《マルサート・ギル・ペクート》〟に率いられた二十体ほどの敵集団に襲われている男女を見つけた。

男女は苦戦していた。

しかし、全身を血に濡らしながらも、魔術を行使し、剛剣を振るい、全力で抗う。

そして、抜群の連携から二人の実力の高さが窺えた。

戦場は細い街路で、相手の数的有利ができるだけ生きない状況にしているようだ。建物を背にする事で、攻撃される方向を左右と正面の三方向に限定し、背面から襲われないようにしている。

ヒトが相手だったなら、男女はこの状況でも互角以上に戦い、勝利する事もできたかもしれない。

しかし今回は相手が悪かった。

普通の〝飢餓罪人《マルサート・ペクート》〟よりも三倍ほど大きく、ゴーレムでも喰ったのか皮膚が金属で覆われた異形の〝飢餓罪巨人《マルサート・ギル・ペクート》〟に率いられた集団は、まるで死を恐れない。

四肢を切り落とされても、切り落とされた四肢を喰えば再生する。そして死んでも他の個体がその死体を喰らい、強化されて襲い掛かってくる。

それに、集団の後方に控えて悍ましい笑みを浮かべながら状況を楽しんでいる〝飢餓罪巨人《マルサート・ギル・ペクート》〟が参戦すれば、その時点で男女は押し負けるだろう。

何もなければ数分後には二人が喰われて終わり、という状況だった。

しかしこの男女は《叡智の法典》のメンバーであるらしく、タヌキ教授達が名前を呼んでいた。

となればボーナスゲットのチャンスなので、俺は朱槍を片手に敵背後から奇襲を仕掛けた。

とりあえず、初撃は【血抜き槍】の全力投擲から始めよう。

アビリティの重複発動で強化された投げ槍は、狙いたがわず敵の頭である〝飢餓罪巨人《マルサート・ギル・ペクート》〟のうなじを貫いた。

――それから乱戦となりつつも、何とか敵を殲滅する事に成功。

幾ら〝飢餓罪人《マルサート・ペクート》〟に優れた再生能力があろうとも、一体一体喰い殺していけば問題はなかった。

その度に不味い思いをしなければならなかったが、下手に心臓を貫くよりも頭から喰った方が確実に仕留められるのだから仕方ない。

俺の忍耐力が試される時間を乗り越え、通常の個体よりも明らかに知性を感じた〝飢餓罪巨人《マルサート・ギル・ペクート》〟も頭から丸かじりすると、唐突に脳内で声が聞こえた。そして、新しく【飢餓の秘鍵】というアイテムを得た。

［能力名【飢餓耐性】のラーニング完了］
［能力名【罪業・飢餓】のラーニング完了］
［能力名【飢餓の番人】のラーニング完了］

入手したアイテムとアビリティ、どちらも気になるが、不味さから来る不快感と胃腸のもたれにやられて、その後は大人しく先に進んだ。

深く考えるのは後にしよう。

そう決めて吐き気を我慢しつつ足を動かし、夜遅くには《不徳の罪都》を抜ける事ができた。

見習い少年が夜食として温かいシチューを作ってくれたので、助けた男女も含めて皆でそれを食べてホッとひと息つく。

温かく柔らかい味付けのシチューは、残っていた不味さがスッと消えていくように美味かった。

やはり美味い物を喰うと元気になる。

そこでようやく頭が回り始めた。

手に入れた【飢餓の秘鍵】というアイテムは、きっと聖塔のどこかで使えるはずだ。

それは今のところただの予想でしかないが、幾つか根拠はある。

丁度ラーニングできたアビリティ【飢餓の番人】は、何かを守っている時にだけ最大限効果を発揮するが、発動しても腹が異常に空くだけだ。身体機能が向上するとか魔力が強化される、なんて効果は一切ない。

使い勝手が悪すぎて使い道のない類のアビリティだが、しかし試しに使ってみると、聖塔方面に強く惹かれる何かを感じた。

まるで守るべき何かがそちらにあるのだと示しているようだった。

だからきっと、聖塔には何かがあるのだ。

それに〝飢餓罪人《マルサート・ペクート》〟とタヌキ教授達《叡智の法典》が初めて遭遇したのは、聖塔の調査をし始めた時だ。

《不徳の罪都》の中心にある聖塔、古代都市が滅びた切っ掛けかもしれない【飢餓罪・神罰】、【飢餓の秘鍵】というアイテム。

そこには何かしらの苦難と栄光が待ち受けているに違いない。

残念ながら今は目的があるので先に進むが、帰りに時間があれば聖塔を見に行ってもいいだろう。

その他にも色々と考えつつ、見習い少年に追加の料理を頼む。

元気になってくると、腹がもっと空いてきた。アビリティの効果で腹が減った事もあって、普段以上に喰った。

新しい酒も取り出して呑んで、今夜はゆっくりと寝た。

《八十六日目》／《百八[redacted]六[redacted]目》

《不徳の罪都》から少し離れた場所に、人口五百人程度の開拓村がある。

《不徳の罪都》や《燈蟲火葬山》の攻略の為に自然と出来上がったここは、木壁と土壁と水堀によって守られている。この三種の守りによって、外敵の襲撃があってもしっかりと時間稼ぎができる。

加えて開拓村という特性上、危険に慣れっこな住民はモンスターとも戦えるし、舗装されていない道路には武装した冒険者や馬車に乗った行商人などの姿が見られ、結構活気があった。それも含めて戦闘要員や物資が多めになり、よほどの事がない限り壊滅的な打撃は受けないだろう。

また、定期的に行商人が行き来する為、鍛冶屋や宿屋もちゃんとある。

そんな開拓村に到着した俺達は、そこで別れる事になった。

というのも、幸いな事に《叡智の法典》の生き残りが、数名だが開拓村にいる事が分かったからだ。

タヌキ教授達はこの開拓村をよく利用するので、到着直後に顔見知りの門番がそれを教えてくれたのだった。

門番によれば、どうやら瀕死の重傷で担ぎ込まれた者がいて、現在も治療院に滞在中だそうだ。意識がハッキリしている軽傷者もいるらしいので、事情はそちらから聞けるだろう。

傷ついた仲間がいるのなら、そちらが最優先されるのは当然だ。

タヌキ教授は俺が次に向かう先――《燈蟲火葬山》にもついていきたそうにしていたが、流石に仲間を放置できるはずもない。非常に残念そうにしながらも、俺に謝礼だと言って依頼料に加算した品を渡してくれた後、皆と一緒に治療院に向かった。

タヌキ教授達《叡智の法典》一行は、治療や体制の立て直しなどでしばらくこの開拓村に滞在するそうなので、帰りにはまた会う事になるかもしれない。

その時は、聖塔に一緒に行くのもいいだろうなと思いつつ、開拓村で簡単な補給を済ませた俺はさっさと先に進んだ。

開拓村の周囲は比較的安全らしく、《燈蟲火葬山》までの道中ではあまり危険な目にあわなかった。

それに灰銀狼の背中に乗るのが俺だけになった事もあって、移動速度の上昇は著しい。

そうして軽快に走った先に見えてきた《燈蟲火葬山》は、標高の高い火山のようだった。

それも活火山らしく、山頂からは噴煙が上っていた。

《八十七日目》／《百八■七■目》

薄らと熱を感じる黒い土を踏みしめながら、あちこちから噴煙が上がる《燈蟲火葬山》を登っていく。

勾配が急で、足元は非常に悪い。木々が生えておらず岩や土ばかりで、脆いし不安定だ。踏み外せば勢いよく転がり落ちてしまう。

しかも時折、上でモンスターが動いた余波なのか風に吹かれているのか、直撃すれば痛いでは済まないサイズの石や岩が転がってくるので、足元ばかりでなく頭上にも気を配らなければならない。

《燈蟲火葬山》で気を抜くと、自然の驚異に晒されてそのまま死ぬ事になるだろう。

特に、あちらこちらから噴出している火山ガスには気をつけなければならない。

硫黄の臭いがどこからか流れてくるし、【ガス検知】のアビリティによれば幾度も危険なガスが検出されている。

中には、ひと呼吸で死に至るレベルのものまであった。

幸い、俺と灰銀狼はそれぞれの口元に清浄な空気を供給してくれるマジックアイテムを装着してある。タヌキ教授と別れた開拓村で買ったもので、これがあれば一応は火山ガスに対応できる。

ただ、過信しすぎると壊れた時に致命的なので、極力安全な場所を見つけながら登っている。

そうして安全そうなルートを通ると、待っていたとばかりに魔蟲系モンスターに襲われた。

数センチほどの小さな体ながら尻に超高熱の金属発光体を形成し、高速飛行しながら襲ってくる赤い群体〝炎魔蛍《エフェルメータル》〟。

二メートルほどの巨大な蝶で、赤紫色の羽が動く度に紫炎の旋風を生み出して周囲を燃やす放火魔〝焔嵐《エンラン》アゲハ〟。

溶岩や爆熱石などを食べて内部に熱を溜め込み、長命個体では数十メートル級にまで巨大化する事もある天然の芋虫型爆弾〝ラヴァルボマー・キャタピラー〟。

急な斜面を転がり落ちる落石かと思えば、その正体は丸まったダンゴムシで、軌道修正しながら突っ込んでくる当たり屋〝火砕鎧蟲《カサイヨロイムシ》〟。

マグマの中で孵化《ふか》し、赤熱化する口吻《こうふん》と特殊な毒を使って獲物の体内を溶かして吸い取ろうとしてくる三十センチほどの吸血蟲〝溶毒腐蚊《デロンドロン》〟。

――とまあ、これらはほんの一部に過ぎない。

どうやら《燈蟲火葬山》は魔蟲系モンスターの種類が豊富らしく、正面から突進してきたり、周囲に擬態して奇襲を仕掛けてきたり、戦法もサイズも大きく違うようだ。

個人的には、小さなタイプの方が面倒なイメージがある。

大型の魔蟲は遠目からでも目立つ事もあり、地形を操作するなどやる事は大規模で強力だが、比較的対応はしやすい。

一方、小型の魔蟲は脆いが、素早くて数が多いし、場所の関係から炎熱に関する能力が強い。

〝炎魔蛍《エフェルメータル》〟などはその顕著な例だろう。尻の超高熱の金属発光体をこちらに叩きつけてくるだけの攻撃は単純だが、数が多いし、一撃一撃が致命的な威力を持っている。

周囲に風の防御膜を展開するマジックアイテムを天秤塔で入手していたが、それがなければ身体のあちこちに重度の火傷を負っただろう。

おかげで結果的には群れに襲われても対応できたが、素早い小型の魔蟲には今後も気をつける必要がありそうだ。

ところで、仕留めた〝炎魔蛍《エフェルメータル》〟は意外と美味かった。

本体の味はサッパリとした海老《えび》風味で、金属発光体はピリ辛と、エビチリに近い。

それをポリポリと摘まみながら、先に進む。

登るほどにモンスターは強く、より特殊な能力や高度な擬態能力を発揮するようになっていくものの、灰銀狼はそれを回避、あるいは先制攻撃を仕掛けていく。

鼻は周囲の濃い臭いで効き難いようだが、まだ使えるようだ。

とりあえず今日は山頂を越える事ができた。

山頂には大きな火口があり、そこではグツグツとマグマが燃えていた。遠くにいても感じられるほど熱が強く、火山ガスもあちこちで噴出している。

今すぐではないが、いずれ噴火してしまうだろう。そう思わせるだけの迫力があった。

雄大な光景に思わず見とれていると、火口の中心、流動するマグマの中に、何かがあるのを見つけた。

マグマから発せられる強い光と火山ガスのせいで少し見難いが、確実に何かある。そう感じて更に詳しく観察してみると、やはり間違いない。

自然に出来たものではない、明らかな構造物が火口の中心に存在した。それは四角く黒い石材で造られ、浮島のような岩塊の上にある。

正体はハッキリとしないが、見ていて、まるで門のようだと思った。

もしかしたら、火口に隠された秘密の場所に繋がる門なのかもしれない。気になったので周囲を探索してみると、少し離れた場所に、様々な紋様が描かれた黒い岩を発見した。

きっとこの紋様が何を示しているのかの謎を解く事で、火口中央の構造物に干渉できるようになるのだろう。

とりあえず紋様全てを【電脳書庫】に記録し、今は予定通りに進む事にした。

かなり気にはなるが、まず解読する必要がある。そして解読するにはタヌキ教授に協力してもらいたいが、それは後日だ。なら先に進むしかないだろう。

気になる謎は増えつつも、今日は《燈蟲火葬山》を下る途中の中腹にあった洞窟で一泊する事にした。

洞窟の入り口付近は灰銀狼でも余裕があるほど広く、少し細くなりながら奥に伸びている。

少し探ってみたものの、三十メートルほど探索したところで引き返した。

洞窟はどんどん先細りしていった。【黒小鬼王】の小柄な肉体ならまだ余裕はあったが、《燈蟲火葬山》に多い魔蟲系モンスターがあからさまに優位そうな場所の探索は、少し怖い。身動きがとれなくなったところで小型の毒虫が溢れてきたりしたら大惨事だ。

引き返した後は、奥からモンスターが出てこられないように岩で塞ぎ、安全性の確保に努めた。

そして晩飯は、洞窟の改築音に惹かれて完全に塞ぐ前に奥から出てきた、全身に溶岩の鎧を装備した一メートルほどの大蜘蛛〝溶岩鎧蜘蛛〟だ。

味は蟹《かに》に似ていて美味しく、内部に秘めた熱がピリ辛のスパイスとなっていた。また、溶岩の鎧はバリバリボリボリと良い感じの歯応えがあって、食材としてはかなり優秀だろう。

数匹纏めて採れたので、今後の晩飯にしようと思う。

《八十八日目》／《百八■八■目》

早朝、洞窟の奥から凄まじい速度で迫る何かに気がついて目を覚ます。

このまま洞窟で寝ているのは危険だ。

本能的にそう感じ、俺と同時に起きた灰銀狼と共に、外に飛び出して洞窟の横に移動する。

その直後、洞窟から灼熱の爆炎が噴出した。

至近で浴びる、鼓膜が破れるほどの爆音と強烈な衝撃波。凄まじい速度で飛散する燃える岩石の散弾と、超高温の熱波が全身を焼く灼熱感。

洞窟の奥から迫ってきたのは、猛烈な臭いを発する火山ガスなどが入り交じった爆炎だったようだ。

幸いな事に爆炎の噴出は数秒で終わったが、朝から酷い目にあった。

生体防具で覆われた下半身の大部分と、機械腕で覆った胸と顔の一部は何とか軽症で抑えられた。

しかし鼓膜が破けて一時的に強く耳鳴りがして、露出していた肌には火傷《やけど》を負ってしまった。

【黒小鬼王】が持つ強靭な生命力に加え、治癒能力を高めるアビリティや飲むだけで重傷からも回復できる魔法薬があるので治療はすぐに済んだが、最悪の起こされ方だ。

静かになった洞窟を覗いていたが、壁にはまだ熱が残っているし、焚火の傍に少し出したままだった食器類も全部焼失している。

損失は大した事ないものの、今後はこういった即死級の天然トラップに気をつける必要があった。

熱の残る洞窟に戻っても仕方ないので、そのまま灰銀狼に跨って《燈蟲火葬山》を下山する事にした。

朝飯は道中で魔蟲系モンスターを狩ればいいか――そう思っていたのだが、どういう訳かしばらく下っても一匹も遭遇しない。

周囲の音を聞き分けてみても、グツグツとマグマが燃える音や吹き抜ける強風などの自然音しか聞こえない。

少し進むだけでも大量にモンスターが襲ってきた昨日とは一変し、不気味なまでの静けさだ。

まるで何かから隠れ潜んでいるかのように。

違和感は次第に強まり、灰銀狼も何かに気を取られるのか、しきりに周囲を見回している。

ピリピリと肌がざわつき、何か危険が迫っている感覚は俺にもあった。

周りを警戒していて、ふと振り返ってみると、昨日と比べて明らかに大きな噴煙を上げる山頂が見えた。

噴煙は高く高く舞い上がり、上を見れば灰が雪のようにパラパラと降ってくる。

その時点で俺は迷わず灰銀狼を全速力で走らせた。

急勾配の斜面を落下するような速度で駆け抜け、時に光翼を使って滑空する。グングンと麓に近づいていく中、再度振り返ると、山頂の噴煙が根元から赤く染まっていくのが見えた。

――噴火だ。

燃えるマグマが天高くまで噴き上がり、これまで以上に大量の噴煙が立ち上る。

噴火の勢いを表すように、空の雲が衝撃波で崩れ、少し遅れて俺達の全身がドン、と震えた。

そして溢れた大量の火山灰がまるで雪崩《なだれ》のようになり、徐々に徐々に山肌を灰一色に染め上げていく。

遠目では遅く見える火山灰の侵食も、その場にいれば回避できない速度がある。

幸い、灰銀狼は滑空できるので巻き込まれる事は無かったが、もう少し遅れていればかなり厄介な状況になっていた。

運良く死ななかったとしても、重傷は覚悟しなければならなかったはずだ。

今にして思えば、洞窟での爆炎も、あれほどいた魔蟲系モンスター達が姿を現さなかったのも、噴火の予兆だったのだろう。

昨日から分かっていた事だが、《燈蟲火葬山》はモンスターの強さや多様性などの厄介さだけでなく、火山という地形自体が危険度を底上げしている。

事前に対策をとっていたので大丈夫だったが、火山ガスは一瞬で命を奪う事もある。マグマも触れるだけで致命的だ。ただの小さな石でも、上から斜面を転がってくれれば脅威になる。

そして何より、今回のような噴火による環境改変は最悪の部類だ。

火口の構造物の調査を後日行うつもりだが、できる限り事前に調べてから来た上で、現地では山の環境を慎重に確認する必要があるだろう。

次に繋がる有用な知識が増えた事に満足しつつ麓を目指すが、そこに噴火で飛んできた溶岩を機械腕で受け止める。

溶岩の大きさは握り拳一つ分くらいだが、ズッシリと異様に重い。もし頭部に直撃したら爆散していたところだ。

朝飯がまだだったし、丁度いいので喰ってみた。

［能力名【溶鉱百足大帝《マグランド・センチピード・ラージャ》の帝王蓋殻《カエルサ・ユリフィス》】のラーニング完了］

そして気になるアビリティがラーニングできた。

溶鉱百足大帝という、欠片《かけら》を喰っただけでラーニングできるほどの強者が火口に潜んでいる可能性がグッと高まった訳だが、今更引き返せない。

心残りはありつつも、こうして《燈蟲火葬山》の登下山は終わった。

麓に広がる平原を抜け、俺達は更に先へと進んでいく。

《八十九日目》／《百八■九■目》

《時刻歴在都市ヒストリノア》に向かうまでにある四つの難所、その最後の一つである《赤蝕山脈》は、十八の山々によって構成されている。

全体として見れば規模はこれまでで最大になるが、山脈を構成する山の一つひとつはさほど大きくない。標高だけ見れば《燈蟲火葬山》の方が高い。

しかし、植物の類が生えておらず、ただただ赤錆《あかさび》で覆われたような岩山が連続して存在する光景は、遠目で見てもその異様さが際立っていた。

早朝から登山を開始したが、急勾配の赤い岩壁を駆け登っている最中、バキンと嫌な音がした。

そして鞍ゴーレムの灰銀狼との密着度が大きく低下し、外れそうになる。背もたれに身を委ねていた事もあって、手綱を持っていなければ俺はそのまま転げ落ちていた可能性もあっただろう。

しっかりと固定されていたし、これまでの道中ではどんなに激しく動いても壊れる気配は無かったのに、登山を始めて三十分もしない間の来事出である。

とりあえず岩壁を登り切ってから調べてみると、原因はすぐに分かった。

固定金具の一部に赤錆が発生し、そこから壊れてしまったらしい。

赤錆が浮いた金具を摘まんでみると、力を入れなくても呆気なく砕けてしまうほどに脆くなっている。

嫌な予感がしたので他にもそういった部分が無いか見てみると、剥き出しの金属製品の大半に赤錆が発生していた。

無事だったのは朱槍と機械腕、灰銀狼が装備している品々くらいのもので、鞍ゴーレムの留め具や【血抜き槍】や予備のナイフなどは全て駄目になっている。

印象としては、ランクが高いマジックアイテムは無事なようだ。それから収納系マジックアイテムに入れていた分も無事だった。

どうしてこうなったのか調べる為、壊れてもいいナイフや金属棒などを取り出す。

鞍ゴーレムは少し弄って金属を使わないで固定したが、安定性は落ちた。ここからは慎重に進む必要があるだろう。

気を取り直して進んでいくと、取り出したナイフや金属棒が目に見える速度で赤錆に侵食されていく。

一部に赤錆が発生したかと思えば、それがすぐに全体に広がっていく様《さま》は異常としか言えない。

【血抜き槍】など魔法金属を使用した物は比較的侵食が遅いが、一時間もすれば全体が侵食されてしまった。

とりあえず、赤錆に全体が侵食されて使い物にならなくなったナイフと金属棒は喰ってみる事にした。

食感は脆く、パサパサとしていて、味は少し生臭さと酸っぱさがあった。


［能力名【赤錆の呪詛】のラーニング完了］

アビリティをラーニングできたが、それで分かった事がある。

どうやら《赤蝕山脈》には、【赤錆の呪詛】とやらが満ちている可能性がある。

植物が生えず、赤く染まった異様な光景も、これが原因なのかもしれない。

今分かっている限りだと、赤錆に侵食されるのは金属だけだが、生物にも適用されてしまうのだろうか。

生物に関しては赤錆の発生に時間が必要だが、しかしその時間制限を超えてしまえば一巻の終わりで《赤蝕山脈》を踏破できない、という事なのかもしれない。

事前に集める事ができた情報は《赤蝕山脈》についてが一番少なかったのも、この目に見えない呪詛が原因で帰還できる者が少ないからだろうか。

とりあえず大気中に【赤錆の呪詛】が存在すると仮定。呼吸によって取り込まないように、先の火山でも活躍した清浄な空気供給用のマジックアイテムと、天秤塔で手に入れた銀のロザリオを俺達は装備した。

この【聖者のロザリオ】というマジックアイテムの効果は、【退魔】と【呪剋】の二つがある。

【退魔】は魔法による効果を防ぎ、一定以下の威力のものは無効化する。

【呪剋】は呪詛による干渉を防ぎ、一定以下の威力のものは無効化する。

装備しているだけで効果があるので使いやすく、実際に効果があるかどうかは不安であるものの、何も無いよりかはましだろう。少なくとも、目に見えない何かから守られている安心感を得る事ができた。

対策してから再度進んでいくが、そんな俺達の前に《赤蝕山脈》に生息するモンスターが現れた。

それはまるで大型の虎のようなモンスターだった。

大きな頭部、鋭い双眸、鋭利で太い牙。太く強靭な四肢に、引き締まった胴体。太く長い尻尾がユラユラと揺れている。

ただ普通の虎とは決定的に違うのが、まるで《赤蝕山脈》に満ちる呪詛に侵食されたように、全身が分厚い赤錆のような装甲で覆われている点だ。

一先ず〝赤錆虎《あかさびとら》〟と呼称しよう。

赤錆に侵食されたナイフが脆くなったように赤錆虎も脆い、なんて事はない。装甲は想像以上に硬く、半端な攻撃では傷をつけるのが精一杯だ。それに見た目以上に重量もあるらしく、俊敏な動きから繰り出される一撃一撃が妙に重い。

前肢のひと振りで赤い岩石が砕け、跳躍した際に地面が陥没している。

灰銀狼の回避能力の高さのおかげで致命傷を受ける事は無いが、鞍ゴーレムの安定性が低下している今、受けに回ると思わぬダメージを負いかねない。

面倒だったので朱槍で頭部を串刺しにして早めに仕留めたが、赤錆虎の死体はすぐに崩れて赤錆の山に変わってしまった。

その光景は、まるで赤錆が虎の形状に変化していたかのようである。

一応この赤錆を回収して喰ってみたが、赤錆に侵食されたナイフと似たような味しかしない。

アビリティもラーニングできず、無駄に終わってしまった。

気を取り直して先に進むが、その後も幾度となくモンスター達が襲ってきた。

モンスターの形状はバラバラで、統一感は無い。二メートルに満たないヒト型、五メートル以上はある巨人型、大小の獣型、重いからか飛行できない鳥型もいたし、不定形という変わり種もいた。

共通してそのどれもが赤錆に覆われ、仕留めた後にはやはり形が崩れて赤錆の山になる。

食料の類は《赤蝕山脈》では得られないと見た方が良さそうだ。食料にはまだ余裕はあるが、《赤蝕山脈》だけでしか採れない美味しい食材が無いのは残念である。

仕方ないので赤錆の山を喰ってはみるものの、美味くもないし、ラーニングもできなかった。

素材にしようにも、モンスターを覆っている時の赤錆以外は非常に脆く、使い道は特に思いつかなかった。

一応採取しておくが、下手に害を持ち帰りたくないので、専用の瓶に入れて密閉してから収納系マジックアイテムに放り込んだ。

そうこう色々ありつつも、《赤蝕山脈》の攻略は順調に進んでいった。

一つの山を登った後は、灰銀狼の光翼を使って滑空する。これで安全に距離を稼ぎ、時間を大幅に短縮できた。

山と山の間を流れる赤錆で染まった川を越え、次の山を登っていく。邪魔な赤錆のモンスターは討伐して赤錆の山に変える。

そんな事を繰り返していると、夕方頃、とある山の頂《いただき》に赤くない部分を見つけた。

それは黒だ。周囲の赤に侵食される事なく、黒い地帯が狭いながらも広がっていた。

そんな異質な黒地帯に近づくと、黒の中心に人工物を見つけた。

黒色の建材で作られた、山小屋のようにも見えるその小さな建物には窓があり、そこから中で明かりが灯《とも》っているのが確認できた。

周囲には夕闇が広がっている事もあって、その明かりはとても目立っていた。

一日中赤く染まった岩石やらモンスターやらを見ていただけに、夜に溶け込んでしまいそうな黒い山小屋には吸い寄せられるような魅力がある。

ふらふらと赤と黒の境界まで行くと、『何の用だ』と誰何《すいか》された。

それはやや年老いた男性の声で、全方位から聞こえてくるような不思議な響きだった。

声の主を探すが、姿は視認できない。幻聴の類かと警戒したが、しかし魔力の流れを追うと、山小屋の影に違和感がある。

目を凝らし、感覚を研ぎ澄ませれば、一見何も無さそうなそこに、黒い三角帽子を被った老人がいるのを知覚できるようになった。

ここまで気配を隠せるならば実力者である事は間違いないが、そんな老人の手には使い込まれた黒い弓矢が構えられていた。

俺の心臓を狙っている黒矢の鏃《やじり》には老人の魔力が凝縮され、全く外に漏れ出ていない。極限まで圧縮された魔力は独特の迫力を宿し、向けられるだけでピリピリと強烈な圧力を感じる。

そして鋭くこちらを見据える金の双眸を見れば、今から何かしようとしても、凄まじい一矢が来るのは間違いないと分かる。

《赤蝕山脈》という危険地帯で、夜も近い時間帯。

そこに見知らぬ誰かがやってくれば、それは大抵の場合が敵だろう。

老狩人が俺達を警戒するのは当然だった。

下手に嘘をついても良い事は無い。

そう判断してありのままを伝えてみると、老狩人は警戒を解いて弓矢を下ろし、ついでに今夜はあの建物に泊めてくれる事になった。

最初の警戒からは想像できないほどの歓迎ぶりである。世捨て人かと思ったが、こんな場所で一人で暮らしているだけあって他人が恋しいのだろうか。

ともあれ、晩飯の食材は全て俺が提供し、それを使って老狩人が作ってくれた。

手慣れているらしく、老狩人は短時間で調理を終えた。

喰ってみると思いの外《ほか》美味しく、質素ながらもどこか懐かしい味がして、あっという間に皿は空になる。

それから一泊の礼にと追加で食材を多めに提供して、食後は俺の迷宮酒を呑みながらなんだかんだと話をした。

それによれば、老狩人は狩人兼研究者だそうだ。

長年各地を放浪しながら興味がある事を研究し続けているらしく、現在研究しているのは《赤蝕山脈》について。

最初は麓に拠点を作って調べていたが、赤錆の侵食を抑える特殊な黒錆の開発を切っ掛けに、現在の山小屋を作って既に数年暮らしているそうだ。

黒錆に覆われた山小屋と周囲の土地は、赤錆のモンスター達――【赤蝕の落胤《クリフィスタ》】と総称されているらしい――を遠ざける効果がある為、ここは襲撃された事が一度も無い安全地帯だという。

それから、ここで暮らし始めて誰かが来たのは今日が初めてらしく、俺が《時刻歴在都市ヒストリノア》を目指していると言うと、わざわざここを通るとは酔狂な奴だ、と笑われた。

まあ、かくいう老狩人も若い頃に《時刻歴在都市ヒストリノア》に挑戦して痛い目にあったそうだが、その体験談は非常に有用なモノだった。

やはり経験豊富な先人の知恵は有難いものである。

そして大量にある酒を呑みつつなので口はどんどん軽くなり、機嫌もいい老狩人はその他にも色々と語ってくれた。

曰く、【赤蝕の落胤《クリフィスタ》】は赤錆に肉体を侵食された生物の成れの果て。

曰く、《赤蝕山脈》の地下にはかつて存在した【堕神】の欠片が埋まっている可能性がある。

曰く、とある山の中腹に赤錆洞窟があり、そこから地下へと潜れる。

曰く、《時刻歴在都市ヒストリノア》では過去の【英勇】に出会う事もあるらしい。

などなど。

大量の情報を惜しげもなく教えてくれた。

正直、ここまで教えてくれていいのかと思うほどだったが、老狩人にとって自身が研究した結果は広がっても広がらなくても問題ないそうだ。

ただ自分が調べたいから調べるだけで、それを誰かが使おうが、誰にも知られず忘れ去られようが興味はない、と言う。

老狩人の生き方は自由だなと思いつつ、有難く研究結果を教えてもらった。

結構長く語った後は、灰銀狼ベッドで寝た。

《九十日目》／《百九■■目》

早朝、老狩人が黒錆茶を淹《い》れてくれた。

俺なりに赤錆に対して対策をしてみたものの、専門家の老狩人からすればそれでは万全ではないという。

このまま放置しておくと、俺と灰銀狼は【赤蝕の落胤《クリフィスタ》】に堕ちる可能性もあるそうだ。

予防と体内残留分の処理の為に飲め、と言われて出された黒錆茶は濃い黒色で、臭いは鉄臭いものだった。

ドロッとした感じもあるそれを、グイ、とひと息に飲む。

最初はかなり苦い味がしたが、思ったよりも滑らかで、後味はスッキリとしたものだった。

また、思ったよりも効くのか、全体的に身体が軽くなる。もしかしたら特殊な効果でもあるのだろうか。

気に入ってしまったので、お代わりをお願いした。


［能力名【黒錆コーティング】のラーニング完了］

五杯ほど飲むと、ラーニングする事ができた。

お茶にして飲んだだけでラーニングできるとは、元にした黒錆がそれほど特殊な物だという事の表れだろう。

早速、新しく取り出したナイフに試してみると、全体が黒く染まっていった。

よく見たらそれは黒錆だ。凹凸が少なくガラスのように滑らかで、独特の光沢がある。黒錆の侵食は十数秒ほどで完了し、何の変哲も無かったナイフは黒いナイフに一変した。

とりあえず、ストックしていた肉を切る、頭ほどの大きさがある岩を切る、側面から機械腕で軽く衝撃を加える、普通の武器と衝突させてみる、などなどその他色々と実験した。

その結果、黒錆ナイフは通常よりも強度が増し、切れ味も上がっていた。

また魔力の通りが良くなって、魔力を流してみると薄らと魔力の刃が形成される。マジックアイテムとまでは言えないが、それに近い出来だ。

多くの面で性能が大きく向上したと言っていいだろう。

もしや老狩人の弓矢にも似たものが使われているのかと、壁に立てかけられたそれを見てみるが、しかし微妙に違う気もした。

あちらはもっと丹念に鍛えられている感じだ。きっと様々な部分で特別な工夫がなされていると思われる。

少し聞いてみたが、その辺りに関しては老狩人も多くを語らなかった。

研究者であると同時に狩人でもあるので、そちらの方の手の内は簡単には明かさないみたいだ。

ともあれ、老狩人とは朝食後に別れた。

老狩人はしばらくここにいるが、もしかしたら別の場所に向かうかもしれないという。

どこかで再会したらまた酒を呑もう、なんて言って迷宮酒を一泊の礼と情報の代金として渡し、俺と灰銀狼は先に進んだ。

その後の道中はこれまで以上に順調だった。

まず、身体がとても軽い。

恐らく、これまでは知らず知らずの間に赤錆に侵食されていたのだろう。

変調をきたしていた体調は黒錆茶によって体内から改善され、むしろ今は強化された状態にある。

四肢には力が漲り、感覚も鋭敏になっている。一時的なモノかもしれないが、力強く大地を駆けられた。

それから、【赤蝕の落胤《クリフィスタ》】にとって黒錆は致命的な毒になるらしい。

【黒錆コーティング】を施して強化した【黒錆血抜き槍】はもちろん、拳ほどの石に使って投擲しても十分な効果を発揮した。

【赤蝕の落胤《クリフィスタ》】の赤錆は黒錆が掠るだけで侵食されて動かなくなるし、頭部や心臓に位置する箇所を穿つとほぼ即死する。

そして【赤蝕の落胤《クリフィスタ》】が死ぬと現れる赤錆の山も侵食され、黒錆の山へと変わった。

老狩人との別れ際、黒錆の加工品である黒錆茶は多めに貰ったが、黒錆そのものはひと握りの小石程度に圧縮された分だけだった。

最初はお守り替わりかと思っていて、渡された時に『欲しかったら使え』と言われた意味をよく分かっていなかった。

しかし【黒錆コーティング】した武器を使って仕留めると黒錆の山が出来上がる事を知った今は、

その意味がよく分かる。

黒錆で仕留めれば赤錆を侵食した分だけ黒錆が増える。黒錆が増えれば次を仕留めるのもより簡単になる。

黒錆は色々と使い道のありそうな素材なので、都合が良いとばかりに遭遇する【赤蝕の落胤《クリフィスタ》】全てを黒錆の山に変えていった。

倒せば倒すほど手に入る黒錆の山はあっという間に積み重なり、これだけでもひと財産だ。

研究を進めれば、黒錆の使用用途はもっと広がっていく可能性がある。

それに【鉱物探知】【金属探知】【山師】【電磁誘導】【超音波探査】などのアビリティを重複発動して探ってみると、《赤蝕山脈》には優秀な鉱脈が眠っている事が分かった。

採掘ゴーレムに【黒錆コーティング】を施して採掘させれば、赤錆のせいで誰も手が出せないここを俺だけの鉱山にする事も可能ではなかろうか。

そんな妄想を楽しみながら、土産兼薬代わりに貰った黒錆茶をチビチビと飲み、新鮮な黒錆を茶菓子代わりに摘まみつつ下山しては、次なる赤山を登った。

そして午後三時くらいには無事に《赤蝕山脈》を抜ける事ができた。

赤錆が途絶えたところで、一度振り返ってその威容を見上げる。

最初は不気味さもあった赤い山々は、しかし攻略法が見つかった今は金山のようにも見える。

帰り道にはぜひ地下へ探検に行きたいものだが、他の予定も立て込んでいるのでどうなるだろうか。

【堕神】という気になるキーワードも出ているし、ぜひぜひ寄りたいところだ。

老狩人が言っていたように、本当に【堕神】の欠片が存在するなら、ぜひ喰ってみたい。

欠片になっても《赤蝕山脈》という広大な領域に影響を与えている訳だから、【エリアレイドボス】に匹敵、あるいはそれ以上の何かである可能性は高い。そしてそんな存在からアビリティをラーニングできる可能性は魅力的だ。

可能性がある、というだけなのでそれこそ肩透かしを食らう可能性もあるものの、その辺りもロマンがあっていいだろう。

とにかく、今は先に進む事を選択した。

気を取り直し、これまでと比べれば平凡な草原と丘を疾走する。

風のように速く、軽やかに進んでいくと、数時間ほど進んだところで小高い丘からそれが見えた。

夕日に照らされる《時刻歴在都市ヒストリノア》。

古代過去因果時帝〝ビストクロック〟の統治領域を見てまず最初に思ったのは、巨大な時計みたいだ、だった。

外界から都市を隔てる円形の銀の防壁。その内部は文字盤に見立てているのか、十二の領域に区切られ、中心に聳《そび》える巨大な軸塔から伸びる巨大な短針と長針が都市上空をゆっくりと動いている。

分かりやすく説明するなら、懐中時計を地面に置いたような都市、と言えばいいだろうか。

ともかく、《時刻歴在都市ヒストリノア》は都市全体で時を刻んでいる。

集めた情報では内部ギミックも色々と面倒らしいので、今日は近くで野宿する事にした。

攻略は明日からだ。

そう決めた俺は、灰銀狼と共に近くにいた牛型モンスターを仕留め、明日への英気を養うのだった。

主な登場人物 Main Characters

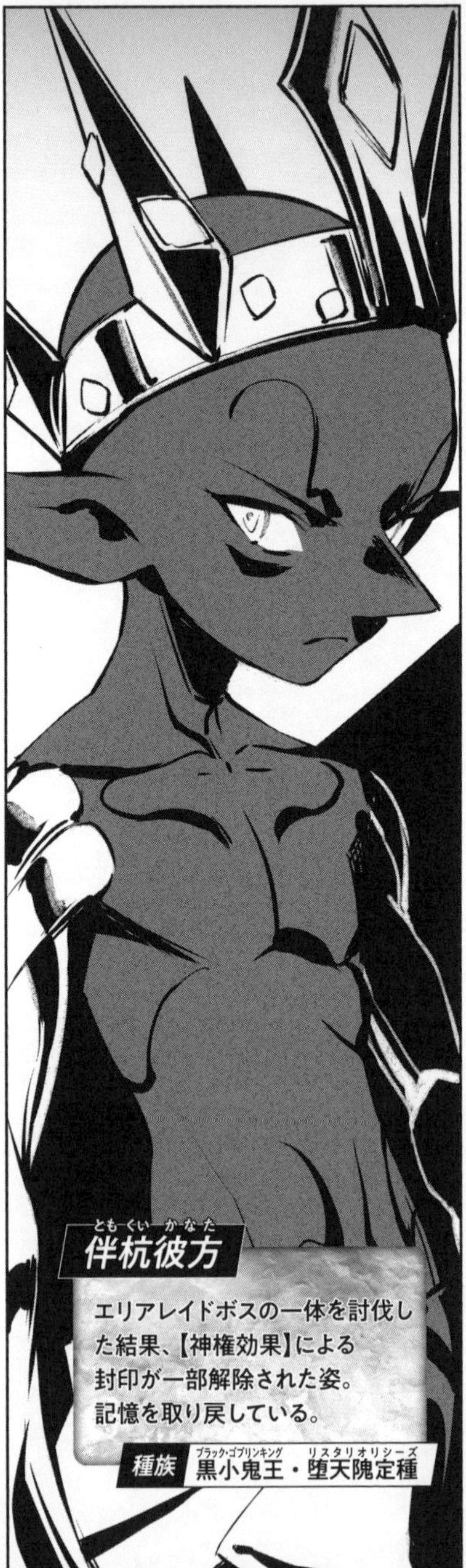

伴杭彼方《ともぐいかなた》

エリアレイドボスの一体を討伐した結果、【神権効果】による封印が一部解除された姿。記憶を取り戻している。

種族 黒小鬼王《ブラック・ゴブリンキング》・堕天隗定種《リスタリオリシーズ》

灰銀狼《はいぎんおおかみ》

【エリアレイドボスの駆逐】をきっかけに、マジックアイテムなどが変化して誕生した黒小鬼王の眷属。

種族 受肉した黒狼王兵

番外編　《聖医協会》の業務とあの日の騒動

《時間軸：百日目》

新大陸に存在する交易都市国家《ムシュラム・ジャンナ》。

その近郊にある【砂城の鬼楼《シャカル・カーカ》】――以前は【砂城の楼閣《シャカル・カラブ》】という【神代ダンジョン】だったが、オバ朗《ろう》が支配して改名した――の通路にて、セイ治《じ》は生体武器のメイスを片手に、前を歩く者達を笑みを浮かべながら見守っていた。

集団の先頭を歩くのは、中年ながらも屈強な肉体を鍛え上げた歴戦の【斧戦師《アクスウォーロード》】と、自身の血と特殊な砂を混ぜた血砂を操る魔術を得意とする妖艶な【血砂魔女《ブライオン・ウィッチ》】だ。

まるで国王が住む城のように内装が美しく、それでいて常に構造が変動する迷宮の中で、男女のペアは油断なく警戒し、ダンジョンモンスターと遭遇するとすぐさま討伐していく。

【斧戦師】が振るう戦斧は強力なマジックアイテムだ。刃には高熱が宿り、襲ってきた巨大な蠍型ダンジョンモンスター〝熱殻鉄蠍《ヒーディアン・スコーピオン》〟の硬い甲殻を物ともせずに溶断する。

【血砂魔女】が徐《おもむろ》に血砂の刃を何もいない空間に放つと、それは密かに接近してきていた擬態能力の優れた〝砂隠れの暗殺者《サンドアサシン》〟を捉え、抵抗も許さず上半身と下半身を切り離す。

その戦いぶりから、どちらも高難度の【砂城の鬼楼】に挑戦できるだけの実力があると分かる。

実際、この二人組は幾つもの迷宮を踏破した実力者として近辺で名を知られていた。

そんな腕利き達の少し後ろを歩くのは、まだ十代前半の【見習い薬師《ローメディカム》】の少女、丸眼鏡が特徴的な【研修医《インターン》】の少年、【心霊治療師《スピリットヒーラー》】に弟子入りして勉強中の【手技治療師《ハンドヒーラー》】のダークエルフの少年、成り立てでまだまだ未熟な【治療師《ヒーラー》】の犬系獣人の姉妹である。

先頭を進む男女と、その後ろについていく五人の少年少女の力の差は歴然だった。

そもそもこれらの少年少女は、強力なダンジョンモンスターが出現する【砂城の鬼楼】に挑戦できる段階に至ってはいない。あまりにも場違いで、本来ならばもっと弱いモンスターが出現する場所で経験を積むのが正しいだろう。

しかし、オバ朗がスポンサー兼永世名誉顧問を務め、セイ治が会長を務める《聖医協会》の主導の下で行われている【迷宮鍛教練《ダンジョン・レベリング》】の主目的は、こうした少年少女の育成にある。

自分達が相手取るには早すぎるダンジョンモンスターの迫力に押されながら、熟練の達人の戦技に見惚れながら、そして莫大な量の経験値を蓄積しながら、五人は進んでいく。

「セイ治先生、人ってあんなに速く動けるんですね！　速すぎて、腕が見えない時があります！　凄い！」

【研修医】の少年は殿《しんがり》に控えるセイ治を振り返り、興奮を隠しもせずに、戦う男女を指さした。

普段は都市内で【医者《ドクター》】に師事している少年にとって、荒々しくもどこか美しさがある達人達が戦う姿は、とても魅力的なモノに映っていた。

【手技治療師】の少年も似たようなもので、一心不乱に戦いの様子を見つめている。

「そうですね、鍛えればあれくらい動けるんですよ、ヒトは。よく観察して、肉体がどう動いているのかも見てみると、より面白いですよ」

少年達が下手《へた》に動かないようにそっと肩を叩きつつ、セイ治の目は油断なく周囲を観察していた。

万が一、戦闘中の男女の横をダンジョンモンスターがすり抜けてきた際、少年少女を守る最後の壁はセイ治なのだから。

「強いですよねー。でも、怪我はしちゃうみたいですね。やっぱり実戦は難しいんだなぁ」

単純に興奮気味な少年達と違い、三人の少女は興奮と怯《おび》え、それから義務感もあってか、比較的冷静だ。

【見習い薬師】の少女は自作した薬が入った幾つもの瓶を確認し、【治療師】の姉妹はそれぞれ新品に近い魔杖に魔力を通わせていく。

戦闘は男女が担当するが、その後のケアは少年少女の担当だからだ。

男女がダンジョンモンスターを圧倒しているといっても、やはり多少の手傷を負う事はある。

少年少女はもちろん、男女も【砂城の鬼楼】に入る前に《聖医協会》から支給される黒いライフベスト――オバ朗の分体入りの防弾チョッキのようなもの――を装備している。だから死ぬ事こそあり得ないが、進行速度の維持や損耗抑制の為には治療が重要だし、何より実戦的な治療は少年少女の勉強になる。

大抵は小休止で治せる軽傷だが、時折出現する体色が黒いダンジョンモンスターが相手だとそうはいかない。

実際、黒砂の巨人〝ブラック・サンドゴーレム〟との戦いは、かなりの苦戦となった。

戦斧の振り下ろしの一撃は〝ブラック・サンドゴーレム〟を形成する黒砂の腕によって弾かれ、【斧戦師】は逆に体勢を崩した。その隙を逃さず放たれた、圧縮して硬度を増した砂の拳に腹部を強打され、彼の身体は吹き飛んで壁に叩きつけられた。

血を吐き出し、額からも血を流しながらも、【斧戦師】はすぐさま立ち直って前に出る。

後衛の【血砂魔女】は幾つもの魔術を行使していくが、黒砂はその魔術を弾いてしまう。相性が悪いと判断した彼女は攻撃は控え、敵の足場を崩すなど【斧戦師】が戦いやすくなるよう援護に回る。

そして〝ブラック・サンドゴーレム〟を構築する黒砂に干渉して動きを阻害し始めるが、干渉力と抵抗力が拮抗しているのか魔力の消耗が激しいらしく、大量の汗を流して苦悶の表情を浮かべた。

一進一退のギリギリの攻防にも、やがて終わりはやってきた。

【斧戦師】の戦斧がゴーレムの弱点である核を捉えて見事に割断した。【血砂魔女】がついに一時的に相手の動きを止めた瞬間、ゴーレムの身体を構成していた黒砂は崩れ、膨大な経験値が男女だけでなくパーティを組んでいる少年少女に吸収される。

本来は得られるはずのない大量の経験値を吸収した少年少女は〝レベル〟が大きく上がり、しばらくの間、内部から湧き出すような力強く心地いい感覚に酔いしれる。

「おーい、浸《ひた》るのはいいんだけどよぉ。早く治療してくれや、流石に痛ぇわ」

「あ！　す、すいません！」

「……ません」

惚《ほう》ける少年少女に苦笑いしつつ【斧戦師】が声をかけると、まず【治療師】の姉妹が慌てて駆け寄った。

活発な姉と、その後ろに隠れるようについていく内気な妹は魔杖を掲げ、最初に汚れを落とす魔法を使った。魔杖に魔力が流れ、光となって傷口に注ぎ込まれると、【斧戦師】の傷口に入り込んでいた黒砂が洗い流される。

洗浄が終わった傷口に、今度は【見習い薬師】の少女が治療軟膏を塗っていく。薄緑色のそれは少し染みるのか、【斧戦師】は一瞬だけ顔を顰《しか》めた。

それが少し可笑しかったのか【血砂魔女】はクスクスと笑い、そんな【血砂魔女】の肩を【手技治療師】のダークエルフ少年が揉《も》み解《ほぐ》す。

温かい手から伝わる魔力には、体内から施術対象の体調を整える効果があり、消耗した体内魔力も僅かながら回復させる。

最後に【研修医】の少年が男女の身体に問題がない事を確認して、一行は先に進んだ。


そして昼頃、とある一室に到達した。

そこは【砂城の鬼楼】の東西南北に配置された、エリアボスの一体が待機する大部屋だった。

閉ざされた門には独特の迫力があり、少年少女はもちろん、男女も自然と気圧《けお》される。

しかしセイ治だけは笑みを絶やさず、手に持つメイスを霞《かす》むほどの速さで素振りしながら、思わず立ち止まった一行を優しく促す。

「さあ、最後の仕上げですから、気合を入れましょうね」

その言葉は、引く事は許さない、と暗に告げていた。

男女は苦笑いを浮かべつつ扉を開き、少年少女も嫌な汗を流しながら中に入った。

セイ治は優しいが、甘い訳ではない。今回の【迷宮鍛教練《ダンジョン・レベリング》】の内容にはエリアボス一体の討伐による経験値の取得が盛り込まれている為、逃げようとすれば首根っこを掴んでも中に入れるだろう。

「安心してください。今回は私も援護しますから」

その言葉に男女は気合を入れ直す一方、少年少女は現出し始めたエリアボスを見て震えた。

この大部屋のエリアボスの名前は【砂城の近衛黒教兵シャルク《シャカル・ブラン・ファレス》】という。

上半身はヒトで下半身は蠍《さそり》という異形であり、オバ朗の影響を強く受けて全体が黒く染まっている。

上半身のヒトは黒い毒槍を構え、下半身は巨大な蠍の鋏と俊敏に動く三本の長い毒尾を備えている。

「おおう、こりゃまた、強いわな」

「甲殻が薄い部分を狙わないと、掠り傷一つ付けるのも苦労しそうね」

そんなエリアボスを前に、男女は嫌そうに呟いた。互いの実力差を即座に見抜いたのだ。

実際、オバ朗の恩恵を受ける前のエリアボスなら善戦はできただろうが、強化された現在の状態は、男女だけでは決して敵わない強者である。

本来なら撤退を視野に入れるところだが、しかし今回は後衛にセイ治がいる為、実力差は致命的なものではなくなった。

「では――〝歴戦鬼力《オーグ・フィアン》〟〝覚醒鬼感《オーグ・レペンラ》〟〝積層鬼鎧《オーグ・ハニッシュ》〟」

構える男女に対し、セイ治の援護魔法が発動した。

身体能力などを大幅に上昇させる〝歴戦鬼力〟、思考速度や第六感などを大幅に上昇させる〝覚醒鬼感〟、一定回数の攻撃を吸収・軽減する〝積層鬼鎧〟は、男女と【砂城の近衛黒教兵シャルク《シャカル・ブラン・ファレス》】の間にあった格差を一瞬で埋めて余りある。

「おお！　何だこりゃ！」

「ぁあ……凄い」

溢れ出る力強さに【斧戦師】は興奮し、【血砂魔女】は心地よさに頬を染めた。

「これで即死はしませんし、たとえ致命傷を受けても治しますから、安心して戦ってくださいね」

そうして始まった戦闘は、しばらく後に呆気なく終わったが、それも当然の結末だった。

男女は強化されただけでなく、常にセイ治の治療が施されていく。

多少無茶な動きをして筋《すじ》を痛めたとしても、骨が折れるほど重い一撃を受け止めたとしても、数秒で死に至る猛毒を受けたとしても、片腕片足を叩き潰されたとしても、その全てが即座に治る。

多少の損耗を許容できてしまう男女の前に、【砂城の近衛黒教兵シャルク《シャカル・ブラン・ファレス》】は徐々に削り殺され、最後には宝箱や鍵などを落として消えてしまった。

「はい、お疲れさまでした。それではリターンポータルに乗って帰りましょうか」

戦いが終わり、セイ治がそう言った。

エリアボスを討伐すると、正面出口の近くに転送されるリターンポータルが生成されるようになっている。リターンポータルに乗ればあっという間に外まで戻れるので、帰路で命を落とす心配がない。

ようやく今回の【迷宮鍛教練《ダンジョン・レベリング》】が終わりに近づき、男女と少年少女が少し油断したところで、異変が起きた。

「――ッ。……一体何が?」

異変が起きたのは、セイ治の耳につけられたイヤーカフスだった。

普段は主に通信機として使われているイヤーカフスから、甲高い不協和音が鳴り響く。耳元で前兆無く発生したそれに、セイ治は思わず顔を顰めてしまう。

イヤーカフスを装備していない男女や少年少女には何も聞こえなかったが、立ち止まって何かし始めたセイ治に対し、不安げな表情を浮かべていた。

『テステス、コチラ分体ネットワーク統率上位個体【オバロー】。コチラ分体ネットワーク統率上位個体【オバロー】。緊急事態発生ニツキ全体連絡中、全体連絡中』

イヤーカフスから流れてくる、オバ朗に似つつもどこか硬い音声に、セイ治は耳を傾ける。

『現時刻ヨリ、本体トノ連絡途絶ナリ、途絶ナリ。本体ニ異常事態ガ発生シタト思ワレル。詳細ナ情報ハ不明、不明』

その内容にセイ治は驚きの表情を浮かべ、しかしすぐに頭を切り替えた。

「オバ朗兄さん達に何かが起きたみたいですね……カナ美《み》姉さん達とは連絡できますか？」

『セイ治氏ヨリノ問。回答：【暗黒大陸】滞在者全員トノ連絡途絶ナリ、途絶ナリ』

「ふむ、では連絡がとれないだけですか？　オバ朗兄さんが死んだとは思えませんが、その辺りは分かりますか？」

『セイ治氏ヨリノ問。回答：本体ノ存在感知、但シ異常ニ希薄ナリ。カナ美ソノ他、存在感知、但シ反応ニ異常アリ』

「なるほど。生存はしているものの、連絡がとれないと。しかもオバ朗兄さんの方が皆よりも深刻そうですね。となると、かなりの面倒事が起きていると思われます」

定時連絡で、セイ治はオバ朗達が【エリアレイドボス】というこれまでとは比べ物にならない強敵に挑んでいるのを知っていた。

だから、今回の異常事態もそれが関係していると考えた。そうでなければ、オバ朗達に何かあるかなど想像できなかったからだ。

「一先ず、集まって相談しましょうか……【オバロー】、全体に対して、現在の業務はこれまで通りに進めるように伝達してください。それから、一時的に私を団長代理にしてください。ブラ里《さと》姐さんとスペ星姉《せい》さんは、そういう事をしたがらないでしょうし」

『セイ治氏ヨリ伝令。業務ハ継続セヨ。マタ、一時的ニセイ治氏ガ団長代理トシテ指揮系統ヲ引キ継グ事トスル。以上』

その後も幾つか指示を飛ばし、一段落ついたところで、セイ治は男女と少年少女を振り返って笑みを向けた。

「最後に問題が起きましたけど、一先ず外に出ましょうか」

「大丈夫なんですか？　セイ治先生」

不安げに【研修医】の少年が問うが、セイ治は穏やかに笑ってみせた。

「大丈夫ですよ。問題が起きても、その問題を真正面から叩き潰す強い兄さん達ですから」

セイ治が抱く、オバ朗に対する一種の信仰は、多少の事では揺るがない。

何かが起こっていたとしても、現在自分達でできる事をやるだけだと理解している。

そんなセイ治に促されて淡い光を放つリターンポータルに乗った一行は、一瞬で出口付近の広間に移動してきた。

「とりあえず、色々と確認しないとダメですね」

これから忙しくなると確信した表情を浮かべ、セイ治は他の七人と共に【砂城の鬼楼】の外に出た。

オバ朗達との連絡がとれなくなった今、全ての《戦に備えよ《パラベラム》》団員達はそれぞれ混乱と不安の中で働き続ける事になる。

それがこの先どのような結末に至るのか。それはまだ、分からない。

ただ、彼らの中でのオバ朗生存に対する確信と、彼へのある種の【信仰】は強くなる一方だった。

なぜなら、団員の誰もが享受するオバ朗の恩恵は、現在も残り続けているのだから。

犬の獣人ノアは、凄腕鍛冶士を父に持ち、自身も鍛冶士を夢見る少年。しかし父ノマドは、母の死を境に酒浸りになってしまう。そんなノマドに代わって日々の食事を賄うため、幼いノアは自力で素材を集めて農具を打ち、ご近所さんとの物々交換に励むようになっていった。数年後、久しぶりにノアの鍛冶を見たノマドは、激レア素材を大量に並べる我が子に仰天。慌てて知り合いにノアを鑑定してもらうと、そのレベルは596！　ノマドはおろか、国の英雄すら超えていた！　そして家族隣人、果ては火竜の女王にまで愛されるノアの規格外ぶりが、次々に判明していく――！

◉定価：本体1200円＋税　◉ISBN 978-4-434-27158-8　◉Illustration：うおのめうろこ

追放から始まる、異世界逆転ファンタジー!

魔物の解体しかできない役立たずとして、勇者パーティを追放された転移者、ユウキ。実はあらゆる能力が優秀だった彼は、勇者パーティを離れたことで、逆に異世界ライフを楽しみ始める。一方その頃、解体技術を軽視し、いつもユウキを小馬鹿にしていた勇者たちは窮地に追い込まれていた。そして、何もかも上手くいかなくなった彼らの怒りの矛先は——ユウキに向かうのだった。

●定価：本体1200円+税　●ISBN978-4-434-27331-5　●Illustration：鏑木康隆

ギフト争奪戦に乗り遅れたら、ラストワン賞で最強スキルを手に入れた

［著］みももも

余りもの「最弱スキル」のおまけに

最強レアスキルがついてきた!?

大人気異世界集団勇者ファンタジー、待望の書籍化!

高校生の明野《あけの》樹《いつき》は、ある日突然、たくさんの人々とともに見知らぬ空間にいた。これから全員が勇者として異世界に召喚されるらしい。この空間では、そのためにギフトと呼ばれるスキルが配られるという。しかし、それは早い者勝ちだった。当然勃発するギフト争奪戦。元来積極的な性格ではないイツキは、その戦いから距離を置いていた。だがそうなると、いいギフトは手に入らない。案の定、イツキが手にしたギフトは、最低ランクだった……が、最後の一個にはなんとラストワン賞として、超レアなスキルがついてきた——

◆定価：本体1200円＋税　◆ISBN：978-4-434-27521-0　◆Illustration：寝巻ネルゾ

魔力が無いと言われたので独学で最強無双の大賢者になりました!

He was told that he had no magical power, so he learned by himself and became the strongest sage!

雪華慧太
Yukihana Keita

眠れる"劣等魔力《スーパーチート》"で反逆無双!!

最強賢者のダークホースファンタジー!

日本から異世界の公爵家に転生した元数学者の少年・ルオ。五歳の時、魔力が無いという診断を受けた彼は父の怒りを買い、遠い分家に預けられることとなる。肩身の狭い思いをしながらも十五歳となったルオは、独学で研究を重ね「劣等魔力」という新たな力に覚醒。その力を分家の家族に披露し、共にのし上がろうと持ち掛け、見事仲間に引き入れるのだった。その後、ルオは偽の身分を使って都にある士官学校の入学試験に挑戦し、実戦試験で同期の強豪を打ち負かす。そして、ダークホース出現の噂はルオを捨てた実父の耳にも届き、やがて因縁の対決へとつながっていく——

◉定価:本体1200円+税　◉Illustration:ダイエクスト

◉ISBN 978-4-434-27237-0

この作品に対する皆様のご意見・ご感想をお待ちしております。
おハガキ・お手紙は以下の宛先にお送りください。

【宛先】

〒150-6008 東京都渋谷区恵比寿4-20-3 恵比寿ｶﾞｰﾃﾞﾝﾌﾟﾚｲｽﾀﾜｰ 8F
(株) アルファポリス　書籍感想係

メールフォームでのご意見・ご感想は右のＱＲコードから、
あるいは以下のワードで検索をかけてください。

アルファポリス　書籍の感想　検索

ご感想はこちらから

本書はWebサイト「アルファポリス」(https://www.alphapolis.co.jp/)に投稿されたものを、改稿、加筆のうえ、書籍化したものです。

Re:Monster（リ・モンスター）　暗黒大陸編《あんこくたいりくへん》　3

金斬児狐（かねきるこぎつね）

2020年　7月　3日初版発行

編集－宮坂剛
編集長－太田鉄平
発行者－梶本雄介
発行所－株式会社アルファポリス
〒150-6008 東京都渋谷区恵比寿4-20-3 恵比寿ｶﾞｰﾃﾞﾝﾌﾟﾚｲｽﾀﾜｰ8F
TEL 03-6277-1601（営業）　03-6277-1602（編集）
URL https://www.alphapolis.co.jp/
発売元－株式会社星雲社（共同出版社・流通責任出版社）
〒112-0005東京都文京区水道1-3-30
TEL 03-3868-3275
装丁・本文イラスト－NAJI柳田
装丁デザイン－ansyyqdesign
印刷－中央精版印刷株式会社

価格はカバーに表示されてあります。
落丁乱丁の場合はアルファポリスまでご連絡ください。
送料は小社負担でお取り替えします。

ISBN978-4-434-27525-8 C0093